LA FILLE
QUI NE CROYAIT PAS
AUX MIRACLES

WENDY WUNDER

LA FILLE QUI NE CROYAIT PAS AUX MIRACLES

Traduit de l'anglais (États-Unis)
par Raphaële Eschenbrenner

hachette

Photo de couverture : © plainpicture/Millennium/Stuart Brill

Traduit de l'anglais (États-Unis) par Raphaële Eschenbrenner

L'édition originale de cet ouvrage a paru en langue anglaise chez Razorbill,
an imprint of Penguin Group (USA) Inc., sous le titre :

THE PROBABILITY OF MIRACLES

Hachette Livre, 43 quai de Grenelle, 75015 Paris.

Pour J. Albert Wunder

Il y a deux façons de vivre sa vie :
l'une en croyant que rien n'est miraculeux,
l'autre en croyant que tout l'est.

Albert Einstein

CHAPITRE UN

À sa mort, le père de Campbell lui avait légué mille deux cent soixante-deux dollars et vingt-six cents, somme qu'il avait réussi à économiser sur ses revenus de danseur du feu dans le spectacle *L'Esprit d'Aloha*, à l'hôtel polynésien du parc Disney. Ce qui correspondait exactement au prix que réclamait Gus, l'oncle grassouillet de Cam, pour lui vendre une Coccinelle de 1998. Laquelle, de plus, était d'un gris très pâle, la couleur qui convient le mieux à une Coccinelle VW. Cam en rêvait depuis qu'elle avait six ans. Le véhicule se fondait dans la brume quand elle était au volant, lui donnant l'impression d'être invisible, invincible.

Campbell espérait que le paradis procurait ces sentiments. Non qu'elle ait cru au paradis ou en Dieu (surtout en un Dieu masculin), ni en Adam et Ève, comme la moitié des crétins de Floride. Elle croyait à la théorie de l'évolution : les poissons s'étaient pourvus de pieds, les grenouilles de poumons, les lézards de fourrure, et les singes avaient eu besoin de marcher en se redressant pour traverser la savane. Fin des débats.

Elle ne croyait pas non plus à l'Immaculée Conception. Mais professer que la Vierge Marie s'était probablement fait engrosser comme vingt pour cent des adolescentes de Floride pouvait attirer de gros ennuis. Mieux valait garder ce genre de pensée pour soi. Car il fallait des miracles pour tout le monde. Pour d'autres, il y avait la magie. La magie était réservée à ceux qui avaient les moyens de s'offrir huit nuits à l'hôtel Grand Floridien du parc Disney. Après avoir travaillé dans un centre de vacances pour cancéreux, Cam savait que la magie était un privilège et non un droit.

Elle inhala l'huile essentielle de frangipanier qui imprégnait le désodorisant pour voiture. C'était un aphrodisiaque puissant, mais, vu qu'elle roulait toujours seule, cela avait uniquement contribué à la rendre davantage amoureuse de sa voiture : une créature masculine qu'elle avait appelée Cumulus.

À présent, Cumulus était garé au niveau Zèbre du parking de l'hôpital pour enfants. Cam préférait le niveau Koala, dont la peinture murale représentant un eucalyptus offrait des tons de gris estompés plus apaisants que les zébrures noires et blanches criardes du niveau Zèbre. Mais à son arrivée, deux heures plus tôt, elle n'avait pas trouvé d'autre place.

Elle aurait dû se dire que c'était un signe. Que le rendez-vous allait mal se passer. Qu'ils en arriveraient à un point où tout serait noir et blanc. Fini le temps des gris estompés. C'était d'ailleurs exactement ce qui s'était produit.

Une famille descendit de l'ascenseur. La mère essayait de retenir par la main un gamin de quatre ans qui bondissait dans ses tennis Spiderman équipées de lumières rouges clignotantes. Vêtue d'une robe rose, une fillette chauve de deux ans dormait sur l'épaule de son père, lequel, l'air groggy, se dirigeait vers une camionnette blanche, se demandant probablement comment il avait pu en arriver là.

Cam savait ce qu'il éprouvait. Elle avait besoin de faire quelque chose d'excessif – s'empiffrer puis vomir pour se purger, se soûler, fumer une cigarette –, quelque chose pour chasser ce sentiment. Ses mains tremblaient tandis qu'elle ouvrait la boîte à gants et fourrageait dedans à la recherche des cigarettes de sa mère. Ses doigts sentirent l'angle pointu d'un objet. Un petit carnet de notes carré qui craqua quand elle l'ouvrit. Tout d'abord, Cam ne reconnut pas sa propre écriture. Celle-ci était fermement imprimée, les « o » pleins et ronds, les lettres bien droites, comme si l'auteur des phrases avait eu tout le temps devant lui. Au cours des derniers mois, l'écriture de Cam était devenue aussi chaotique que le logis encombré d'une vieille dame.

LISTE FLAMANT ROSE

- Perdre ma virginité pendant une fête de lycéens bien arrosée.
- Me faire briser le cœur par un sale type.
- Me morfondre misérablement, pleurer, bouder et dormir durant un samedi entier.
- Passer un moment gênant avec le petit copain de ma meilleure amie.
- Me faire virer d'un boulot d'été.
- Faire tomber une vache qui dort debout.
- Détruire les rêves de ma petite sœur.
- Épier quelqu'un à son insu.

- Boire de la bière.
- Passer une nuit blanche dehors.
- Commettre des vols à l'étalage minables.

Cam regarda la page du carnet. Elle n'avait pas vu cette liste depuis presque un an, depuis qu'elle l'avait dressée dans l'un des lits superposés de la cabane numéro 12 du centre de vacances pour adolescentes de Shady Hill. D'après la brochure, le centre promettait d'« aider les jeunes filles à accéder à leur force intérieure et à faire s'épanouir des murs végétaux dans la fête de la vie ! », ce qui avait d'abord fait frémir Cam. Mais, voulant passer du temps avec Lily, sa meilleure amie, en dehors d'une ambiance d'hôpital, elle avait décidé que c'était mieux que devenir conseillères dans un centre de vacances pour cancéreux, où une forêt de crânes chauves, le cliquetis des chariots annonçant la distribution des médicaments et les visites occasionnelles de célébrités mues par la pitié leur rappelleraient constamment leur condition déprimante. À Shady Hill, un lieu situé au fond des bois, dans l'ouest de la Caroline du Nord, elles étaient simplement des filles comme les autres et s'appelaient les Flamants Roses. Chaque cabane devait choisir un nom d'oiseau, et elles en avaient choisi un qu'on ne risquait pas de rencontrer dans ces bois. Un qui ne se fondrait pas du tout dans le paysage. Comme elles.

Les paupières closes, Cam se reposa contre l'appuie-tête de Cumulus. Elle pouvait entendre la voix de Lily : « Ensuite, tu ranges ta liste et tu n'y penses plus. Et tu verras, le simple fait d'avoir écrit ces choses les déclenchera. »

Durant l'été, Lily n'avait pas arrêté de se moquer des guides pour apprendre à retrouver son estime de soi disponibles à la bibliothèque. Tandis que les autres filles dévoraient en cachette les pages jaunies de *Batifolages après les cours* et du *Diplôme de la passion*, dissimulés sous une latte du plancher de la bibliothèque, Lily et Cam avaient passé un après-midi entier devant la glace patinée et craquelée d'un miroir à informer leurs reflets en plaisantant qu'elles étaient belles, puissantes et méritantes. Lily avait lu à voix haute le passage sur les « visualisations », et elles avaient pouffé en fermant les yeux et en imaginant un arc-en-ciel de lumière purifier leurs organes malades. Puis Lily avait parlé de la liste.

– Tu ne peux pas la taper, il faut qu'elle soit manuscrite, avait-elle insisté en enroulant une mèche de cheveux verte autour de son doigt. Et tu ne dois la montrer à personne, autrement rien ne se réalisera.

– Ne me dis pas que tu crois à ça, Lily ?

– Non, bien sûr. Mais on devrait quand même le faire, juste pour rigoler. Tiens ! avait-elle ajouté en lançant à Cam un crayon à papier géant de couleur orange acheté à la boutique de souvenirs du site des grottes Davis lors du dernier voyage organisé par le centre. Continue à noter. Fais la liste de tout ce que tu veux faire avant de mourir.

– Quel titre je lui donne ? avait demandé Cam à Lily, qui griffonnait déjà à toute vitesse dans son propre carnet. Quand même pas « Liste de la condamnée » ?

– Que penses-tu de « Liste de celle qui va aller bouffer les pissenlits par la racine » ? Ou bien « Liste Pissenlits » ?

– Non, avait protesté Cam.

– Alors je ne sais pas, avait soupiré Lily. Appelle-la « Liste Flamant Rose ».

– Je ne vois pas le rapport.

– Écris !

Cam avait alors inscrit « Liste Flamant Rose » en lettres majuscules, puis songé à ses vœux. Elle voulait quelque chose de réaliste. La normalité était ce qui lui manquait le plus depuis qu'elle était malade. C'était la raison pour laquelle elle était venue à Shady Hill au lieu d'aller dans un centre de vacances pour cancéreux. Parce qu'ici les cabanes sentaient le moisi. Cam souhaitait une vie pleine de moisissures. Métaphoriquement parlant. Elle avait donc commencé à rédiger toutes les choses qu'elle risquait de rater si elle n'atteignait pas sa majorité. Comme « Perdre ma virginité pendant une fête de lycéens bien arrosée ». Ou « Me morfondre misérablement, pleurer, bouder et dormir durant un samedi entier »...

– À ton avis, ça va être comment ? l'avait interrompue Lily.

– Quoi donc ? La dernière année de lycée ? Les jeux Olympiques d'hiver ? Le bal de fin d'année ? Faire l'amour ? Le repas de ce soir ?

– La mort, avait répondu Lily.

– La mort. Alors il devrait y avoir le tunnel, la lumière blanche, et le moment où tu regardes ton enveloppe corporelle se détacher...

– Je pensais que tu ne croyais pas à la vie après la mort.

– Non, je n'y crois pas. Les soi-disant expériences de mort imminente ne sont qu'un phénomène neurologique. Un grand rêve déclenché par une énorme quantité d'hormones libérées par l'hypophyse. C'est dû à la production de diméthyltryptamine. Pas à Dieu.

– Je vois, avait fait Lily, déçue.

– Qu'est-ce que tu imagines, toi ?

– Je pense qu'on est d'abord plongé dans le noir. Puis un arc-en-ciel jaillit des ténèbres et des étoiles se mettent à scintiller tout autour, illuminant le sentier vers le monde des esprits.

Cam afficha une moue méprisante.

– Le monde des esprits ? Attends, laisse-moi consulter mon capteur de rêves…

– Le paradis, avait murmuré Lily. Je crois au paradis.

* * *

Cam ouvrit les yeux et balaya du regard le parking souterrain. « Il est peut-être temps de rayer certains vœux », pensa-t-elle en examinant de nouveau la liste. Puisque le dernier semblait être le seul à sa portée, elle commencerait par celui-ci.

Elle téléphona à Lily :

– Qu'est-ce que je dois voler ?

– Quoi ? répondit Lily d'une voix rauque, comme si elle venait de se réveiller.

– C'est sur la liste.

– Quelle liste ?

Tandis que Lily se redressait, Cam pouvait entendre le bruissement des draps et les grincements du matelas.

– Celle qu'on a faite au centre de vacances. Tu ne t'en souviens pas ?

– Pourquoi as-tu mis « vol » sur ta Liste Flamant Rose ? s'énerva Lily. De toute façon, il ne faut pas forcer le destin, Campbell. Tu dois simplement laisser les choses arriver.

– J'ai envie de les bousculer un peu, rétorqua Cam en posant son front sur le volant.

– Alors pique du baume pour les lèvres bio, je n'en ai plus.

Cam pouvait presque la voir plisser les yeux en inspectant ses lèvres sèches dans une glace.

– Quoi d'autre ?

– Un flamant rose en plastique comme ceux qui décorent les pelouses. Il y en a dans les magasins discount.

– C'est pas gagné, dit Cam.

Puis elle releva la tête et flatta sa monture.

– En route, Cumulus !

CHAPITRE DEUX

Cam adorait l'odeur des magasins bio : un mélange de bois de santal, de patchouli, de lavande, de terre, d'ail. Par ailleurs, c'étaient les seuls lieux en Floride où son sweat à capuche noir et son jean anthracite délavé et déchiré n'attiraient pas les soupçons. Si elle arrivait à rentrer dans ce jean très étroit, c'était parce que le cancer avait réduit son corps de métisse samoane à la taille zéro.

Les clients des magasins bio aimaient les gens comme elle. Bizarre, avec un côté ethnique. Ici, on cherchait à se rapprocher des indigènes, de l'authenticité. Et on prétendait être plus tolérants que les autres. Donc, tout en reniflant un stick de déodorant sans aluminium, Cam fourra un baume pour les lèvres dans son sac en toile kaki tapissé d'autocollants arrachés sur divers véhicules. Sur celui du haut, on pouvait lire « Imagine », les autres affichaient des slogans tels que « Tibet libre », « Mariage pour tous », « Aucun être humain n'est un clandestin », « Paix au Moyen-Orient », « L'éthique de réciprocité », « La sécurité sociale fait partie des droits de l'homme » et « Où est passé mon bulletin de vote ? ».

Dans le comté d'Osceola, Cam était la seule à s'intéresser à des choses comme les élections truquées, la liberté, les droits de l'homme… Les autres étaient trop absorbés par la procréation, laquelle commençait tôt en Floride.

Trois couples s'étaient fiancés durant le bal de fin d'année de son lycée.

Cam n'y avait pas assisté, car avoir une bagnole, quand bien même ce serait une Coccinelle grise, en guise de cavalier était probablement interdit. Néanmoins, elle aurait bien aimé souhaiter *pomaika'i* – bonne chance – en hawaïen aux futurs époux. Ils auraient besoin de chance. Et même d'un miracle. Sans miracle, chaque couple finirait par divorcer, à force d'essayer d'élever trois gosses en gagnant douze dollars de l'heure, et contribuerait ainsi à accroître le nombre des caravanes servant d'habitat permanent, de conducteurs de voitures déglinguées et de diabétiques gavés de nourriture industrielle qui peuplaient le joyeux État du Soleil.

Cam espérait qu'ils s'en sortiraient. Ils étaient peut-être différents de leurs semblables.

Elle fit glisser un remède à la racine de calendula dans la poche de son sweat. Elle ne savait pas ce que c'était, mais la musique du mot ca-len-du-la lui plaisait. Elle y goûterait plus tard.

– Excusez-moi, gazouilla une voix derrière elle.

Cam sursauta. Déjà prise sur le fait ?

Elle se retourna et découvrit l'archétype de la cliente de magasins bio : la cinquantaine, les cheveux grisonnants réunis en queue-de-cheval, les yeux bleus, pas de maquillage, un pantalon large, des Clarks, un sac en coton naturel. Elle devait être prof ou éducatrice.

– Oui ? répondit Cam.

– Qui est-ce qui vous coiffe ?

– Qui est-ce qui me coiffe ?

– Oui, j'adore votre coupe.

Cam avait d'épais cheveux noirs qu'elle rasait avec la vieille tondeuse électrique de son père.

– C'est moi.

– Cela vous va vraiment bien, commenta la cliente en posant des gélules aux fibres végétales dans son panier. Vous avez un très joli visage.

– Merci, répondit Cam en attendant que la dame ait tourné au coin du rayon pour cacher une petite boîte de tampons sans chlore dans le revers de son jean.

On lui avait souvent dit qu'elle avait un joli visage. Avant son cancer, c'était pour sous-entendre : « Quel dommage qu'elle soit si grosse ! » Maintenant, cela signifiait : « Quel gâchis ! Une si belle fille, lesbienne. »

La mère de Cam pensait que les cheveux longs apportaient une puissance spirituelle et déplorait que sa fille n'ait pas voulu les laisser repousser après les séances de chimiothérapie. En outre, sans cheveux longs, Cam ne pourrait jamais danser dans le spectacle *L'Esprit d'Aloha.* Elle travaillait donc à la cuisine de l'hôtel qui présentait le spectacle en question et passait des heures à sculpter des barques en ananas pour du riz polynésien.

– Il reste Perry, disait Cam à sa mère. Elle pourra danser avec toi, un jour.

Mais Perry, la petite sœur de onze ans de Cam, était le résultat d'une nuit sans lendemain qu'Alicia avait passée juste après son divorce avec un comédien norvégien du parc à thème Epcot. Perry avait la chevelure blond-blanc des Vikings et leur pas lourd.

– Ta sœur sait faire beaucoup de choses, mais pas danser, rétorquait Alicia, exprimant son dégoût d'un geste de la main.

Pour une danseuse de hula qui était en fait une Italo-Américaine née dans le New Jersey, elle possédait des mains très expressives.

Alicia voulait que Cam danse parce que la danse avait des pouvoirs guérisseurs. Et Cam dansait – elle avait ça dans le sang – mais seule, dans sa chambre, devant sa glace.

À la caisse, un jeune homme scanna le code-barres des pastilles mentholées, seul article qu'elle avait décidé de payer. Son badge vert portait l'inscription *Tyler, membre de notre équipe*.

– Vous êtes caissier, marmonna Cam.

– Quoi ?

– Vous ne faites pas partie de leur équipe, c'est un mensonge. En tant que personne, vous ne comptez pas pour eux, vous en avez conscience ?

– Peu importe.

– Le parc Disney a été le premier à se servir de cette ruse. Ils donnent à leurs employés le titre de « membre du casting », si bien que le pauvre type qui agite des ballons représentant des animaux a l'impression d'être une star de Disney.

Tyler émit un grognement.

– Je sais que vous avez aussi pris un baume pour les lèvres, répondit-il en lui tendant les pastilles mentholées.

Il avait de larges doigts, des cheveux noirs décoiffés, des yeux bruns et une adorable paillette dorée dans la prunelle gauche.

– Mais vous n'avez pas vu la racine de calendula, répliqua Cam. Ni les tampons, ajouta-t-elle, songeant aussi à l'éponge naturelle coincée à l'intérieur de son soutien-gorge. Bonne journée.

Tandis qu'elle se dirigeait lentement vers la sortie, elle se remémora un passage du film *La Mélodie du bonheur* – celui dans lequel Rolf surprend la famille cachée derrière une tombe de l'abbaye et hésite, se demandant s'il aime Liesl, avant d'appeler son lieutenant nazi.

Tyler l'aimait-il ou allait-il donner l'alarme ?

Il l'aimait.

Cam était libre, elle traversait les Alpes du parking en direction de la Suisse neutre de sa voiture. Elle laissa échapper un soupir, regrettant un instant de ne pas se trouver réellement dans les Alpes. Habiter en Floride, c'était comme vivre sur le Soleil. Elle pouvait distinguer la brume gazeuse qui s'élevait de l'asphalte brûlant.

Sur le tableau de bord, Cam composa une nature morte avec son butin, la photographia et l'envoya à Lily. Elle raya « Commettre des vols à l'étalage minables » de sa liste et rangea son carnet dans la boîte à gants. Son portable se manifesta avec la sonnerie de la chanson *Je crois aux miracles* du groupe de punk rock les Ramones – la même que celle de Lily.

– Bravo Boule à Zéro, je ne pensais pas que tu irais jusqu'au bout.

– Tu insinues quoi ?

– Rien. Tu sais comment tu es.

– Je suis comment ? demanda Cam en s'appliquant du baume sur les lèvres.

– Tu sais, cette façon que tu as d'asséner des vérités avec une franchise abrupte pour prouver que tu as raison, même quand tu en as marre d'avoir toujours raison parce que tu sens que ça te rend détestable. Je pensais que ça te bloquerait.

– J'ai appris une mauvaise nouvelle, aujourd'hui, Lil.

– Ce n'est pas la première fois que ça nous arrive.

Cam se tut. Elle décolla la ventouse de sa poupée du tableau de bord et fit basculer d'avant en arrière la vahiné afin que ses paupières se ferment et s'ouvrent.

– Ça n'a pas d'importance, reprit Lily. Tout ce qui compte, c'est de trouver ce flamant rose.

– D'accord, répondit Cam.

Elle coupa la communication et inspira profondément. Mais, durant l'expiration, elle eut l'impression que son ventre, son plexus solaire et sa gorge étaient broyés par des mains cruelles.

* * *

Cam roula le long des supermarchés pourvus d'auvents à rayures roses et bleues jusqu'à ce qu'elle en trouve un indiquant « discount ». Personne ne s'habillait en noir dans ce genre de lieu. Elle ne passerait pas inaperçue. Elle ajouta donc quelques touches de couleur à sa tenue : le vieux chapeau de paille décoré d'un ruban jaune de sa grand-mère, des lunettes de soleil à monture rouge. Par chance, en traversant le parking, elle parvint à attraper un sac en plastique qui tourbillonnait comme une tornade miniature et qui portait le nom du magasin vers lequel elle se dirigeait. Devant celui-ci, elle s'approcha des articles exposés sur le trottoir et fit mine de s'intéresser aux cadeaux recouverts de peinture au plomb fabriqués en Chine. Coincés dans une grande boîte en carton, les flamants roses observaient les torches, les piscines gonflables, les bouées pour bébé et les verres à cocktails, tous vendus à moitié prix pour l'été.

Cam examina avec attention l'un des flamants, comme si ces babioles méritaient qu'on vérifie leur qualité. Puis elle le plongea tête la première dans son sac en plastique, l'étouffant, et regagna sa voiture. Alors qu'elle cherchait ses clés, quelqu'un lui tapota l'épaule.

– Vous comptez payer ce flamant rose ?

Mais, avant d'avoir le temps de répondre « Quel flamant rose ? », elle eut un accès de panique. Elle pouvait sentir une brise froide et son bras gauche tremblait. Une décharge électrique traversa sa colonne vertébrale et, prise de vertiges, elle perdit l'équilibre. C'était comme si un éclair l'avait foudroyée.

Puis le noir se fit.

CHAPITRE TROIS

Quand elle reprit conscience, elle était en nage et une migraine la lancinait. Un inconnu moustachu l'observait derrière des lunettes aux verres très épais. Sur son badge, on pouvait lire « Bonjour, je suis Darren ».

– Bonjour, je m'appelle Cam, dit-elle. Je suis où ?

– Sur le parking du magasin. Vous avez volé un flamant rose.

– Je ne me souviens pas que nous ayons établi cela officiellement, répondit-elle, toujours allongée au sol.

Il faisait si chaud que l'asphalte commençait à fondre. Entre ses doigts, elle sentit une petite bulle de goudron qu'elle perça de son ongle.

– Il est dans le sac et vous n'avez pas le ticket de caisse, insista Darren.

– Vous avez appelé les pompiers ?

– Oui, ils arrivent.

Au loin, on pouvait entendre la sirène.

– Très bien, cow-boy, fit-elle en se hissant lentement sur ses pieds. Il faut que je parte d'ici.

C'étaient les pompiers de la ville qui allaient débarquer, pas les faux de Disney qu'elle pourrait chasser avec un mot du médecin, comme il lui était déjà arrivé de le faire.

– Attendez, pressa le moustachu. Vous n'êtes pas en état de conduire. Je vous ai vue gigoter comme un poisson et vous aviez de l'écume au coin de la bouche.

– Oui, ça arrive. Dans ces cas-là, il faut empêcher la personne d'avaler sa langue à l'aide d'un abaisse-langue. Ça vous ennuie que je prenne le flamant rose ?

– C'est deux dollars quatre-vingt-neuf cents.

– Dites donc, vous êtes dur en affaires. Et si je l'emportais, tout simplement ?

Elle saisit l'oiseau en plastique, le jeta sur la banquette arrière de sa voiture, mit le contact et quitta le parking. Elle reprenait le contrôle de ses membres, mais son corps lui semblait terriblement lourd. Darren avait raison ; elle ne devrait pas conduire.

En jetant un œil dans le rétroviseur, elle vit qu'il avait l'air sous le choc. Elle espérait qu'il n'avait pas relevé le numéro de sa plaque d'immatriculation.

Avant de rentrer chez elle, Cam décida de déposer le flamant dans sa nouvelle maison. Elle l'avait baptisé Darren et voulait le photographier devant Celebration, la cité résidentielle privée où logeaient la plupart des cadres du parc Disney. Ces derniers suivaient des règles très strictes concernant les tenues vestimentaires, le genre de véhicule qu'on pouvait posséder, le nombre d'enfants recommandé par foyer (trois) et l'autorisation d'avoir un animal domestique.

Les filles comme Cam et les flamants roses comme Darren n'avaient pas leur place ici. Cam prit une photo de Darren devant les portes de Celebration, puis elle traversa la cité, où tout ressemblait au décor du feuilleton

Les Aventures de Beaver, sur la famille idéale de banlieue. Elle trouva la maison d'Alexa Stanton dans le quartier des Fédéralistes, où chaque habitation était la réplique de celle d'un Père fondateur, avec des façades jaunes, des volets noirs et des colonnes blanches imposantes.

Chef des majorettes, Alexa détestait Cam car Cam était intelligente et arrivait à échanger des points de vue politiques avec le petit ami d'Alexa. Cette dernière aimait plaisanter à propos du poids de Cam.

Cam lança le flamant rose sur la pelouse parfaitement entretenue. Un flamant rose en plastique : était-ce un signe ? Comme la tête de cheval dans *Le Parrain* ? Quelqu'un lui voulait-il du mal ? Cam savait qu'Alexa ne se poserait jamais ce genre de questions. Elle laisserait le jardinier se charger du flamant. La référence au *Parrain* ne lui viendrait jamais à l'esprit. Tout le monde n'était pas fan de cinéma, comme Cam. Une conséquence du fait de rester assis durant des heures avec une perfusion contenant des sels de platine. Regarder des films était la seule chose à faire durant les séances de chimiothérapie.

Darren détestait Celebration. Couché sur le côté dans le carré vert, il avait l'air inquiet. Son œil grossièrement peint semblait implorer : « Ne m'abandonne pas ! » L'oiseau possédait de bonnes intuitions. Cette ville conçue pour être idéale ne voulait pas être liée à ce qu'il évoquait : les canettes de bière, les dentitions abîmées, les immigrés, les gens dépourvus de couverture sociale, le sang, la sueur et les larmes, la dureté de la vie, le monde réel, la mort.

On en revenait toujours à ça, non ? Les gens avaient peur de mourir. Ils habitaient donc à Celebration.

Finalement, Cam conserva Darren.

* * *

Cam vivait loin de Celebration. Sur l'allée Ronald Reagan, leur ranch trois pièces était pourvu d'une vieille moquette beige des années soixante-dix, de plafonds en crépi, de cloisons en guise de murs, obligeant Cam à dormir avec un casque afin d'étouffer les cris de plaisir de sa mère.

Pour la plupart des gens, les mots « mère » et « faire l'amour » ne figuraient pas dans la même phrase. Ce n'était pas le cas pour Cam, dont la mère ramenait des hommes bien réels des faux pays d'Epcot. Izanagi, sa dernière conquête, était chef au restaurant du « Japon ». En rentrant chez elle, après tout ce qui lui était arrivé, Cam ne tenait pas à lui parler. Vêtu d'un kimono rose, il découpait des légumes, jonglant avec son couteau avant de lancer un morceau de poivron rouge en direction de la bouche de Perry. Celle-ci le croqua en applaudissant comme une otarie dressée. Cam essaya de regagner sa chambre sans se faire remarquer, et, malgré les stalagmites de la moquette qui auraient dû assourdir son pas et les stalactites du plafond en crépi, sa mère l'entendit. À force de vivre comme dans une grotte, l'ouïe de sa mère s'était développée pour devenir telle celle, supersonique, des chauves-souris. Les gens s'adaptaient. C'était la sélection naturelle. Darwin et sa théorie de l'évolution.

– Campbell ! criait maintenant sa mère depuis sa chambre. Va manger ! Izanagi prépare une omelette !

– Vraiment ? Je n'avais pas remarqué. Il est tellement discret.

– Quoi ?

– Rien. Je n'ai pas faim.

– Cam, s'il te plaît…

Ravie de pouvoir enfin porter des vêtements moulants, Cam avait un peu peur de grossir. Néanmoins, elle ne comprenait pas que des filles en bonne santé s'affament pour lui ressembler. Et elle se disait que sa chair et son être avaient au moins réussi à atteindre l'âge de dix-sept ans.

Dans la cuisine, Cam saisit au vol une crevette que lui lançait Izanagi.

– Tu as besoin de protéines, assura-t-il.

– *Domo arigato*, monsieur Roboto.

Elle avala la crevette et n'eut pas la nausée. En recouvrant son omelette de ketchup, elle parviendrait peut-être à la manger.

– Je vais m'installer au bord de la piscine, annonça Cam.

La piscine était l'unique raison pour laquelle sa mère restait dans ce ranch et la seule chose qu'elle semblait réussir à entretenir. Le reste de la maison était envahi par les moisissures et se dégradait, mais le bassin bleu en forme de haricot étincelait. Son père avait acheté la piscine sur l'insistance de sa mère. Il en avait également profité, invitant toute l'équipe du spectacle à des fêtes les jours où il faisait moins de vingt degrés, l'unique moment où le parc Disney annulait les spectacles.

Son père lui manquait.

Sa mère surgit pour lui apporter son omelette. Ses cheveux bouclés lui arrivaient à la taille et brillaient au soleil. Alicia dormait à plat ventre. Seulement sept pour cent des humains dorment dans cette position, et ce sont des gens vaniteux, à l'esprit grégaire et très susceptibles. Pourvus d'une petite poitrine, de toute évidence.

Quand elle était enceinte de Cam, Alicia n'arrivait pas à dormir sur le côté et le père de Cam l'avait donc emmenée jusqu'à Clearwater, où il avait creusé un trou dans le sable pour son ventre. Alicia s'était étalée comme une baleine échouée et était enfin parvenue à somnoler. Cam avait ainsi commencé sa vie enfouie dans la plage, tel un bébé tortue.

Son père s'était montré prévenant et, malgré toutes ses attentions – le trou dans le sable, l'achat de la piscine –, Alicia n'avait même pas pleuré le jour de ses obsèques. Pour Cam, c'était bien la preuve que le grand amour n'existait pas. Les couples entretiennent des relations temporaires, égoïstes, opportunistes. Conçues pour perpétuer l'espèce. L'amour romantique est un fantasme dont les gens ont besoin car autrement la vie serait d'un ennui intolérable.

– Tu verseras une larme à mon enterrement ? questionna Cam, tranchant son omelette avec sa fourchette.

– Quoi ? Campbell, je mourrai avant toi. Cette maladie ne t'aura pas de mon vivant. C'est pour ça que je veux que tu t'inscrives à une de ces universités. Il faut prévoir quelque chose pour septembre.

Alicia avait réuni des brochures de plusieurs universités mixtes, pleines de photos d'étudiants souriants issus de milieux multiculturels, lesquelles brochures reposaient sur le comptoir de la cuisine depuis des mois. Les femmes qui dormaient à plat ventre se servaient également de tactiques passives/agressives, comme celle de tourner autour du pot avec des brochures alors qu'en fait, ce qu'elles voulaient vraiment savoir, c'était comment le rendez-vous chez le médecin s'était passé.

– Je ne m'inscrirai à aucune de ces écoles, maman.

– Si. Et si tu n'avais pas dépensé ton argent dans cette voiture, tu en aurais eu plus pour acheter des livres. Je vais tuer ton oncle. Je le jure !

– Tu pourrais engager un gangster du New Jersey pour s'en charger à ta place.

– Tout à fait.

Sa mère but une gorgée de café et prit un air à la fois malicieux et nostalgique. Selon Cam, si les gens exagéraient en évoquant les dangers de leur jeunesse, c'était à cause de la monotonie de leur vie d'adulte.

– Tu connais vraiment quelqu'un de la Mafia ? demanda Cam.

– L'ami d'un ami de mon cousin.

Sa mère glorifiait souvent ses origines du New Jersey. À ses yeux, les gens du New Jersey étaient des durs ; là-bas, on trouvait les meilleurs bagels, les meilleures pizzas, le meilleur maïs, les meilleures tomates – la liste n'en finissait plus. Cam pensait que Disneyland devrait ajouter un pays du « New Jersey » à son parc pour tous les nostalgiques irrécupérables qui tenaient à simplifier le réel.

Car c'était ce que Disney faisait. En créant un simulacre de votre vie qui paraissait bien mieux que ce qu'elle était en réalité, Disney parvenait à vous convaincre que votre existence n'était pas si mal que ça. Baudrillard avait expliqué ce concept et Cam avait rédigé un texte à ce propos qu'elle avait envoyé à l'université Harvard. Et elle avait été acceptée. Ce qu'elle ne confierait jamais à personne. C'était son dernier triomphe secret, mais elle ne se faisait pas d'illusions.

Par ailleurs, on l'avait acceptée uniquement à cause de son histoire extraordinaire. Être presque morte la rendait exceptionnelle, comme ceux qui figuraient sur la liste des étudiants à part : athlètes des jeux Olympiques, stars de cinéma, investisseurs financiers âgés de dix-huit ans, auteurs publiés, jeunes ayant été élevés sur un voilier…

– Alors ? finit par dire sa mère.

– Alors quoi ?

– Le scanner. Quel est le résultat ?

– C'est toi qui dois les appeler si tu veux le savoir. Ils ne sont pas censés me le dire puisque je suis mineure.

C'était vrai. Mais Cam ne voulait plus que sa mère l'accompagne à l'hôpital pour enfants. S'asseoir dans une salle d'attente emplie de gosses malades et chauves était déjà une torture en soi.

– Ton médecin t'en a parlé, je le sais.

– Oui, reconnut Cam.

– Et donc ?

– Va recoudre des boutons.

Cette phrase faisait toujours rire Cam. Sa grand-mère était la seule à l'employer.

– Campbell.

Cam posa une serviette en papier sur son omelette.

– Le cancer est partout. Rien n'a changé. À part de nouveaux nodules autour des reins.

Sur l'image que Cam avait vue, son squelette était aussi éblouissant qu'un arbre de Noël orné de nodules cancéreux pareils à des guirlandes lumineuses. La coupe transversale de son torse faisait penser à une partie de l'Univers aperçue depuis le télescope Hubble, ou à des profondeurs sous-marines seulement éclairées par les charbons ardents du cancer. Son médecin, le Dr Handsome, avait maintenu son stylo en argent au-dessus de l'écran de l'ordinateur et s'en était servi pour tracer un cercle imaginaire autour de la lueur orange qui entourait ses reins. Il utilisait le même stylo à chaque rendez-vous. Selon Cam, cela signifiait qu'il s'agissait probablement d'un cadeau et indiquait que des patients l'aimaient. Et il était donc sentimental, puisqu'il faisait attention à ne pas le perdre. Cam n'avait jamais réussi à garder un stylo plus de cinq jours. Elle était très différente du Dr Handsome.

– Ce n'est pas ce que nous voulions voir, avait-il déclaré en poussant un soupir, exprimant pour la première fois un commentaire négatif.

Cam lui avait pris le stylo de la main.

– C'est peut-être mon deuxième chakra, avait-elle rétorqué en désignant la zone lumineuse. Le chakra orange. En principe, c'est à peu près là qu'il se trouve. Il représente le siège du pouvoir et du changement.

Le Dr Handsome s'était éclairci la gorge. Il paraissait au bord des larmes.

– Cam, avait-il bredouillé après avoir repris contenance. Je suis désolé. Je suis très fatigué… Nous ne pouvons rien faire.

En cinq ans, Cam ne l'avait jamais vu dans cet état. Il lui arrivait de faire l'imbécile quand il était crevé, et il se montrait formidable envers les jeunes enfants. Dans son bureau, un clown en caoutchouc servait de punching-ball et permettait à ses petits patients de se défouler. Cam avait décoché un coup de poing au clown, qui s'était mis à basculer d'avant en arrière.

– Mais vous êtes le Dr Handsome, avait-elle répondu. Mettez vos émotions de côté, accrochez-vous aux termes froids et médicaux. Dites « malignité » ou « sous-cutané » ou autre chose. Vous vous sentirez mieux.

– La médecine ne suffira pas cette fois, Soupe Campbell[1]. Tu as besoin d'un miracle.

* * *

Installée dans son fauteuil à bascule, la mère de Cam feuilletait un magazine de mode. Elle posa son café sur la table du patio et, feignant la nonchalance, demanda sans lever le nez :

– Il n'y a pas un nouveau traitement que tu pourrais essayer en te portant volontaire ?

1 - Campbell est une marque de soupe en conserve figurant dans les œuvres d'Andy Warhol. (Toutes les notes sont de la traductrice.)

– Non, répondit Cam.

– Comment est-ce possible ? insista Alicia en tournant une page de son magazine.

Sur celle-ci, un article expliquait comment porter les derniers vêtements tendance jusqu'à l'âge de quarante ans, mais pas au-delà.

– Parce qu'un autre traitement m'achèverait avant le cancer. Ma numération sanguine est mauvaise.

Alicia regarda enfin Cam droit dans les yeux.

– Je vais les appeler. Je vais t'inscrire à quelque chose. Ils peuvent au moins te prescrire de la cisplatine.

– Tu n'écoutes pas, maman. Il n'y a plus rien à faire.

– On va retourner à la clinique Saint Jude ou à Hopkins.

– On y est déjà allées deux fois. Ils ont fait tout ce qu'ils pouvaient.

Cam en avait assez. Elle voulait penser à autre chose. Dormir, oublier pendant quelques heures. Les nouveaux coussins en plastique vert perruche couinèrent sous sa tête. Le soleil floridien lui procura un instant de bien-être, puis sa chaleur lui fit l'effet d'une radiation.

– Le Dr Handsome a dit que j'avais besoin d'un miracle.

– Dans ce cas, nous allons te dégoter un satané miracle, répliqua Alicia en saisissant un vieux bout de Nicorette.

Cam ouvrit les yeux et regarda le ciel bleu et dégagé.

– « Satané » et « miracle » ne vont pas vraiment ensemble, mam…

– Je ne renoncerai pas, Campbell !

Et la main de sa mère s'abattit sur la table en verre.

– Le cancer n'a pas encore atteint mes oreilles, marmonna Cam.

– Bon sang ! cria Alicia en jetant sa tasse sur le sol cimenté.

– Tu vas regretter ce geste, commenta Cam. C'était ta préférée.

Une photo presque effacée de Cam et Perry sur les genoux du Père Noël figurait sur la tasse désormais brisée.

Cam avait fini par s'habituer aux explosions de sa mère. En passant le cap de la cinquantaine, Alicia avait changé. Pour se soulager de son chagrin, de sa peur, de sa confusion ou de son impuissance, elle trouvait comme seul exutoire la colère et affirmait que c'était hormonal. Cam pensait que c'était simplement « alicial ».

– Crois-moi, poursuivit sa mère d'un ton plus calme. Je ne te laisserai pas mourir.

– Je te crois. Et c'est rassurant. Vraiment. Je vais monter faire une sieste.

Elle étreignit Alicia et prit conscience qu'elle allait passer le reste de sa brève existence à désangoisser ceux qui avaient peur de la perdre.

CHAPITRE QUATRE

Cam retint sa respiration et plongea la tête sous l'eau. Elle voulait noyer les cris de joie des voisins qui allaient au collège pour la remise des diplômes.

Il faisait trop chaud pour que la cérémonie se déroule en plein air, et chaque lycéen n'avait eu le droit d'inviter que deux personnes à y assister depuis les sièges de l'auditorium climatisé. Sur son invitation coûteuse imprimée en lettres d'or, Cam avait relevé une énorme faute d'orthographe. Puis elle l'avait rangée entre les pages du livre *Anna Karénine.*

À l'intérieur du bassin turquoise, elle ouvrit les yeux. Les larmes ne se remarquaient pas sous l'eau. Par ailleurs, cela lui rafraîchissait les avant-bras, où commençaient à apparaître de ravissantes lésions cancéreuses sous forme de taches violettes. Le bourdonnement du robot nettoyeur vibrait à travers sa colonne vertébrale et elle se laissa couler jusqu'au fond. Cam avait décidé de ne pas se rendre à la cérémonie. Elle avait raté tellement de cours à cause des séances de chimio et des nouveaux traitements qu'elle s'était coupée de nombreux lycéens. Et elle ne tenait pas à entendre les projets d'avenir des autres, lesquels, pour la plupart, chercheraient un emploi au parc Disney pendant l'été. Avec anxiété, Alexa et Ashley attendaient de savoir si elles avaient obtenu le rôle d'une des

Cendrillon. En toute franchise, l'avenir des gens rendait Cam un peu jalouse. Elle refusait de songer au sien.

Cam remonta à la surface et sortit du bassin. À l'aide d'une serviette, elle tapota délicatement ses yeux mouillés de larmes javellisées. Des années plus tôt, sa grand-mère lui avait expliqué que se frotter le visage donnait des rides. Comme si… Elle rit.

Heureusement, elle travaillait aujourd'hui. Cela lui changerait les idées.

* * *

Le matin, la cuisine du restaurant ressemblait à une gentille bête ensommeillée. Bâillant, s'étirant, cliquetant, s'ouvrant, se refermant. On pouvait encore y entendre des bruits distincts avant la cacophonie générale de l'heure du déjeuner.

Joe, le chef, arrivait toujours le premier sur les lieux et avait mis au point avec Cam un système qui fonctionnait : interdiction de parler avant midi. Néanmoins, ce matin, Joe ne parvenait pas à se taire.

– Je devrais peut-être ajouter de l'estragon à la sauce, dit-il. Qu'en penses-tu, Cam ?

Muni d'une grande cuillère en bois, il était en train de touiller sa préparation dans une cuve en acier. Son vieux radiocassette diffusait du Led Zeppelin en sourdine. Cela faisait plusieurs années qu'il avait trouvé un moyen de se déconnecter de la musique enchantée qu'on pouvait entendre dans chaque coin du parc.

– Ne modifie pas la recette d'origine, répondit Cam sans lever le nez de sa planche à découper. Ça te permettra de continuer à bénéficier d'une couverture sociale pour tes gosses.

D'un geste parfait, elle trancha en deux un nouvel ananas.

– Tu as raison, reconnut Joe. Pas d'estragon.

Joe était un excellent chef, qui espérait monter en grade en travaillant pour l'un des restaurants de Disney proposant une carte. L'hôtel polynésien servait le même repas pour tout le monde, mais c'était néanmoins un cran audessus des services de restauration rapide du parc. Cam avait essayé de le convaincre de passer une audition pour une émission de télé-réalité où un chef pouvait gagner son propre restaurant. Il avait protesté en invoquant son allure insignifiante et ses origines du Midwest.

« Mais c'est justement le contraste entre ton apparence banale et ton talent qui surprendra les gens », avait argué Cam.

– Qu'est-ce que tu fais de beau cet été ? demanda Joe en versant du lait de coco dans la cuve. Tu as des projets ?

– Pas vraiment. Pourquoi es-tu aussi bavard ?

– Je suis bavard ? Je ne m'en étais pas rendu…

Il n'eut pas le temps d'achever sa phrase. Toute la troupe de *L'Esprit d'Aloha* fit irruption dans la cuisine en dansant. Les femmes ondulaient des hanches et les hommes marquaient le rythme de leurs pas. Sa mère portait un énorme dessert au chocolat en forme de volcan fumant et ils crièrent à l'unisson :

– Félicitations, Cam !

C'était bien mieux que n'importe quelle cérémonie.

– Merci à tous ! déclara Cam en rougissant.

Sa mère lui tendit un cadeau – un iPhone – puis quelqu'un déguisé en Tigrou bondit vers elle et lui présenta un chèque. Cam se dit que les gros bonnets de Disney avaient eu vent de sa situation désespérée et lui offraient cet argent pour l'obtention de son diplôme.

– On pourra s'en servir pour aller à Tijuana, dit sa mère.

Un mois s'était écoulé depuis le pronostic du Dr Handsome et Alicia avait tenu sa promesse. Elle avait presque abandonné son travail pour se transformer en chasseuse de miracles.

– Je n'irai pas là-bas, rétorqua Cam.

Sa mère avait effectué des recherches et découvert une clinique louche, hors de prix, située à Tijuana, où on vous injectait toutes sortes de trucs bizarres. Au cours des dernières semaines, Cam était allée voir un acuponcteur, un magnétiseur, un réflexologue, un herbaliste, un hypnotiseur et une *taulasea* – une rebouteuse samoane qui lui avait fait boire du lait maternel –, et s'était entretenue par téléphone avec une « guérisseuse à distance » de Nouvelle-Zélande dénommée Audrey. Cela leur avait coûté quatre-vingt-cinq dollars plus le coût de l'appel, pour entendre Audrey émettre un long bourdonnement vocal et recevoir par e-mail les résultats de la consultation, lesquels comprenaient un graphique mesurant la puissance de son aura.

Au moins, elles avaient bien rigolé.

Cependant, Cam commençait à en avoir sa dose. En fait, si elle entendait encore une note d'un compositeur de musique new age, elle allait péter les plombs.

Le tigre retira sa tête massive et révéla le sourire chaleureux de Jackson. Jackson avait les épaules larges et un nez samoan constellé de taches de rousseur irlandaises. Une de ses dents de devant était cassée, souvenir d'un accident d'enfance.

– Félicitations, Cam, murmura-t-il.

– Tu as pris du galon, Jackson. Ils t'ont recruté pour le rôle du tigre.

Il piqua un fard.

– Oui. Seulement pour l'été.

C'était un boulot parfait pour lui. Il n'était pas obligé de parler.

Leurs parents s'étant produits dans le même spectacle, Cam et Jackson avaient grandi ensemble et souvent nagé dans la piscine du faux volcan de l'hôtel polynésien pendant que leurs familles travaillaient. À l'âge de cinq ans, ils avaient même formé un duo sur scène, imitant les gestes et les postures des adultes face à un public soupirant : « Oh, comme ils sont mignons ces enfants des îles ! »

En grandissant, Jackson était devenu extrêmement timide. Quand Cam avait essayé de l'embrasser sur Space Mountain, il avait refusé de lui parler pendant des mois.

Toute la vie amoureuse de Cam se résumait à ça. Un baiser avorté dans le parc à thème futuriste.

– Tu pourras te servir de ce chèque pour ton avenir, lâcha Jackson.

– Je suis allée avec toi dans le futur, Casanova. Et il ne s'est pas passé grand-chose.

– Désolé, répondit Jackson en s'empourprant de nouveau. Tu veux y retourner ce soir ?

– Danse d'abord avec moi.

La troupe les accompagna jusqu'à la scène et se mit à effectuer des danses traditionnelles d'Hawaï et des Samoa. Les danseurs se déplacèrent d'abord lentement, comme des vagues. Puis les Tahitiennes se déchaînèrent, agitant leurs hanches en tous sens. Ces filles étaient expertes en *varus* et *fa'arapus*[1]. Cam faisait de son mieux pour suivre le rythme, mais elle s'épuisa au bout de dix minutes.

Après une pause, elle jongla avec des couteaux en feu en compagnie de Jackson. Cam adorait l'odeur du liquide inflammable et la chaleur cuisante des flammes. Cela l'étonnait toujours qu'une température plus élevée que celle de la Floride existe. Tout en jonglant, elle jeta un œil sur les cuisses musclées de Jackson. Son corps avait changé. Dans quelques années, il serait très sexy dans son *lava-lava*[2].

La musique cessa et les gens regagnèrent leurs postes afin de se préparer pour le spectacle de dix-sept heures trente. À la fin de celui-ci, chaque famille s'arrêta à la table de Cam pour lui offrir un cadeau enveloppé de *siapo*, une étoffe sacrée faite d'écorce de bois et décorée d'un motif peint. Selon la légende, si elle contenait les os d'un mort, ce dernier pouvait revenir à la vie. On disait aussi que des guérisons miraculeuses se produisaient grâce au *siapo*. Cam n'y croyait pas une seconde, mais

1 - *Varu* : mouvement de hanches rapide.
Fa'arapu : mouvement de hanches qui met l'accent sur le ventre.

2 - Pagne polynésien.

elle accepta poliment les offrandes, promettant de dormir avec. Cela lui rappelait son père. Incapable de se souvenir du motif choisi par ses ancêtres, il avait confectionné un *siapo* revêtu du visage de Mickey.

– Prête à partir ? demanda Jackson.

Il avait remis son costume de tigre et tenait la tête sous son bras droit.

– Tu vas garder ça sur toi ?

– Je dois le rapporter au vestiaire. Si je le mets dans un sac en plastique pour aller sur Space Mountain, les gosses vont le remarquer et leur rêve sera brisé.

– Je vois. Allons-y, alors.

Tous les employés de Disney détenaient un passeport leur permettant l'accès gratuit aux attractions du parc. C'était comme posséder le billet en or dans *Charlie et la chocolaterie*, et Cam reconnaissait que cela lui avait beaucoup plu, enfant.

Ils se dirigèrent vers la forêt tropicale de la réception et montèrent jusqu'au monorail cimenté qui passait à travers l'hôtel. Créer un monde où passé et futur formaient une harmonie disjonctive faisait partie du projet Disney. Ici, le contraste entre le train futuriste et le décor polynésien agrémenté d'une cascade et d'un feuillage luxuriant était vraiment frappant.

Plantée sur le quai, Cam observait des gamins couverts de coups de soleil qui harcelaient Jackson pour être pris en photo avec le tigre. Son portable sonna. Un texto.

Lily : Félicitations ! T'es où ?
Cam : Avec un mec.

Lily : Super !!! T'es passée à l'action ?
Cam : Pas encore.
Lily : Fais-le ou je te tue.

Cam ferma son portable et Jackson chassa gentiment quelques enfants. Il souleva Cam dans ses bras couverts de fourrure et planta un baiser de tigre sur ses lèvres. Les enfants gloussèrent. « Jackson a plus d'assurance quand il est déguisé », se réjouit Cam.

Il posa pour quelques clichés de plus avec des gamines tandis que Cam plaçait ses doigts en V sur certaines photos. Puis, soudain, prise de vertiges et de nausées, elle vit la forêt tropicale se rétrécir autour d'elle. Au plafond, les panneaux sculptés en acajou et en teck disparaissaient puis réapparaissaient dans son champ visuel.

– Jackson, murmura-t-elle, mais il était occupé avec de jeunes fans. Jackson, répéta-t-elle plus fort. Il faut que je rentre. Tu peux me ramener ?

Elle se plia en deux de douleur. Jackson l'entraîna jusqu'au parking, où il retira son costume et en jeta la tête sur la banquette arrière de Cumulus. Il conduisit pied au plancher. À leur arrivée, Cam avait retrouvé suffisamment d'énergie pour parler.

– Je suis désolée, bredouilla-t-elle.

Jackson se gara dans l'allée de sa maison tandis que le crépuscule tombait. Des éclairs silencieux illuminaient l'intérieur de la voiture par intermittence. Cam aimait les éclairs. Cela lui rappelait qu'elle vivait sur une planète. La lumière illuminait les yeux étonnés de la tête du tigre, et Cam regrettait de ne pas être comme lui, dans un perpétuel état d'ignorance.

– L'amour signifie ne jamais être tenu de s'excuser, marmonna Jackson.

Il joua un instant avec le scoubidou accroché au porte-clés de Cam avant de le lui rendre. Elle aimait ses mains calleuses. Les garçons aux mains douces lui déplaisaient.

– Quoi ? demanda-t-elle.

– Rien. C'est une mauvaise citation d'un film.

– Ah oui. *Love Story*. Mille neuf cent soixante-dix. Avec Ali MacGraw et Ryan O'Neal.

– J'aurais pu trouver mieux, reconnut Jackson.

– Ce n'est pas grave.

– Ça te dirait de sortir avec moi un de ces quatre ? finit-il par demander.

– C'est ta mère qui fait pression sur toi ? questionna Cam.

– Non, vraiment.

Le col bleu de sa chemise dépassait de son costume.

– Tu n'es pas obligé de draguer une fille mourante pour accomplir ta BA. C'est une image de toi dont tu ne pourras plus te débarrasser et qui t'empêchera de séduire la belle blonde.

– Tu me plais, Cam.

« Un peu tard pour cela », songea-t-elle. Elle n'arrivait pas à le regarder. Il était si bien intentionné, ça lui brisait le cœur.

Par chance, Izanagi sortit de la maison au moment où Cam et Jackson descendaient de la voiture.

– Parfait, dit Cam. Izanagi, tu peux le raccompagner chez lui ?

– Bien sûr, répondit-il. Allons-y, Jackson.

Cam le salua d'un petit geste de la main.

– À plus.

* * *

– Oh ! fit Perry quand Cam ouvrit la porte.

Vêtue d'un tee-shirt Hello Kitty et d'un short, elle tapait un texto sur son portable rose. Ses deux macarons tressés la faisaient ressembler à une Miss Suisse.

– Alors, c'était bien, ton rendez-vous ? Il t'a roulé une pelle, au moins ?

– Tu t'y connais en la matière ? lança Cam.

– Plus que toi, sans doute.

– Je ne l'espère pas, petite traînée !

– Maman ! Cam m'a traitée de traînée.

– Si c'est la vérité… chantonna Alicia en entrant.

Elle décocha un clin d'œil à Cam et l'étreignit. Elle était de bonne humeur.

– Maman ! cria Perry.

– Arrête ! répliqua Alicia. Tu sais bien qu'elle plaisantait. Va voir tes licornes.

Perry avait onze ans et sa chambre contenait encore toutes sortes de licornes, en verre, en porcelaine, en tissu et affichées sur les murs. Cam détestait cette période où des piles d'animaux en peluche coexistaient avec des posters de groupes de rock dans l'habitat des préadolescentes. Mais, après tout, Cam se sentait mal placée pour ce genre de reproche vu qu'elle venait de passer un moment avec un grand tigre en peluche.

– La licorne a des pouvoirs guérisseurs, Campbell, déclara Perry, comme si une idée lumineuse venait de lui traverser l'esprit.

– Les licornes sont des animaux inventés, petit génie, répliqua Cam. Ce sont simplement des chèvres mutantes à une corne.

– Elles existent, mais elles sont très rares et seule une vierge peut les dompter. Alors c'est parfait. Tu vas pouvoir en dresser une.

Puis Perry s'éloigna.

D'un pas lent, Cam se dirigea vers sa chambre. Elle était trop fatiguée pour se lamenter sur le fait que sa petite sœur connaisse sa vie intime. Ou pour appeler Lily. Elle avait hâte d'atteindre son lit et de s'endormir. En pénétrant dans sa chambre, elle prit un air stupéfait. Tout avait disparu.

CHAPITRE CINQ

– Où sont mes affaires ? hurla Cam.

Les tiroirs de sa commode étaient vides. Des cintres nus se balançaient à l'intérieur de sa penderie. Sa couette avait été remplacée par une vieille couverture électrique. La lampe Mondrian qu'elle avait créée avec quatre écrans était débranchée. La réplique du système solaire faite en CE2 pendait du plafond. Sur son bureau, sa poupée Wonder Woman se tenait, comme traumatisée, près d'une boule de billard numéro huit.

– Qu'est-ce que vous avez fait de mon poster des Ramones ? s'indigna Cam. Et de celui de *Citizen Kane* ? Où est Tweety ?

– Tout est dans la remorque, déclara Perry.

Sur le seuil de la pièce, elle se tenait prudemment derrière Alicia.

– Tweety est dans la cuisine, Campbell, pressa Alicia. On voulait nettoyer sa cage avant le voyage.

– Quel voyage ? s'enquit Cam.

– On part dans le Maine.

– Le Maine ?

– Le Maine.

Alicia ramassa un coussin au sol et le jeta sur le lit.

– Tu te souviens de Tom ? Je l'avais rencontré au yoga.

– Tom ? Celui qui prenait de l'acide ? Qui ne savait jamais quel jour on était et qui se douchait une fois par mois ? Celui qui était sûr de devenir millionnaire en écrivant un opéra rock ?

– Tom connaît une ville du Maine qui possède des pouvoirs guérisseurs. Il m'a conseillé de partir aujourd'hui à cause de la position de Saturne.

– C'est ce que tu proposes ?

– Tu as refusé d'aller à Tijuana, souligna Alicia.

– Je vais interroger la Boule Magique, dit Cam.

Elle saisit celle-ci et questionna en silence : « Est-ce que le Maine va m'aider ? » Sur l'icosaèdre qui flottait sur le liquide violet, un message s'afficha : « Reposez votre question plus tard. »

– Qu'est-ce qu'il peut bien y avoir dans le Maine ? demanda Cam à sa mère. L'eau ne contient rien de particulier. Il n'y a pas de source miraculeuse. C'est l'océan Atlantique. Le même que celui de la Floride. En plus froid. En glacial.

– Partir en vacances nous fera du bien, argua Perry.

Cam n'avait rien à objecter à cela. Avant qu'il meure, elle avait promis à son père de quitter la Floride. Il rêvait qu'elle étudie dans une grande université. Il aurait été fier d'apprendre qu'elle avait été acceptée à Harvard.

Et, parce qu'elle lui avait juré de partir, elle était presque prête à céder à sa mère. Surtout par cette chaleur.

– Pendant combien de temps ? s'enquit Cam.

– Au moins l'été, répondit Alicia. Le temps que ça prendra.

– Très bien, dit Cam. Ça marche.

Alicia bondit de joie.

– La remorque est chargée. Demain matin, il ne restera plus qu'à l'accrocher à ta voiture.

– Je ne veux pas qu'on accroche un camion de déménagement à ma Coccinelle, grogna Cam.

– Tu préfères qu'on laisse ta voiture ici ? menaça Alicia.

– Bon, d'accord ! Vous avez pris mes DVD ?

– On ne va pas là-bas pour regarder des films, déclara Alicia d'un ton sec.

– Je vais les emporter, insista Cam.

Sous son lit, elle déterra sa collection de DVD ainsi que des notes qu'elle avait prises avec Lily pour leur scénario : *Chimio Lily et Boule à Zéro prennent d'assaut Manhattan*, à propos de deux superhéroïnes atteintes d'un neuroblastome.

– Et on pourra s'arrêter en Caroline du Nord pour voir Lily ! ajouta-t-elle avec entrain. Et à Hoboken pour voir mamie. Et dans tous les pièges à touristes en chemin.

* * *

Perry protestait tandis qu'Izanagi embrassait leur mère en la plaquant contre la remorque.

– On est tes enfants, geignit-elle. Abrège les *sayonara*.

Perry se mit à arpenter l'allée, son sac à dos contenant l'indispensable pour un voyage en voiture : un paquet de chips orange, trois barres chocolatées, des pastilles à la menthe, son portable rose et un livre de mots croisés.

Accroché à la remorque et prêt à les transporter jusqu'à la côte Est, Cumulus paraissait fier de lui-même. Son pare-chocs avant semblait bouffi d'orgueil. La ceinture de sécurité retenait la cage de Tweety sur la banquette arrière. La poupée vahiné clignait de l'œil depuis sa perche. Cam scotcha Darren au-dessus du phare arrière droit de la remorque et se sentit excitée à l'idée de partir. Tout compte fait, Alicia avait eu une bonne idée. Mieux valait bouger qu'attendre ici. Elle contourna la remorque. L'idée de voyager en pouvant emporter toutes ses affaires avec soi lui plaisait. C'était réconfortant. La remorque lui évoquait un garage ambulant. Un chariot des temps modernes. Une image du canyon de l'Escalante la décorait, ressemblant étrangement à une peinture de Georgia O'Keeffe. L'agence de location choisissait une image par État et elles avaient eu droit à celle de l'Utah, laquelle suggérait un grand vagin d'un mètre sur un mètre. La veille, Cam en avait fait la remarque à sa mère, et celle-ci avait répliqué, exaspérée :

– Il n'y a que toi pour imaginer des choses pareilles ! Tu veux que je demande à louer une autre remorque ? Sans vagin ?

– Non, avait dit Cam, et ce matin cela ne la préoccupait plus.

– On y va, maman, insista-t-elle en tapotant l'épaule d'Alicia.

– D'accord, dit enfin sa mère en se décollant d'Izanagi.

Ce dernier reprit son souffle et marcha jusqu'à sa voiture rouillée. Par la vitre ouverte, il saisit deux paquets rectangulaires, impeccablement emballés de papier kraft et de raphia. Izanagi se transformait en minimaliste méticuleux quand il entreprenait une activité artistique.

Durant son temps libre, il écrivait des poèmes et peignait des tableaux silencieux comme des murmures.

Il leur tendit les cadeaux et Perry déchira le sien avec sauvagerie. Il contenait un simple carnet de notes et un crayon, tous deux bruns.

– Pour raconter ton voyage, déclara Izanagi.

– Pour raconter les miracles ! s'exclama Perry.

Elle se jeta dans les bras d'Izanagi. Cam garda ses distances.

– Merci, dit-elle depuis le siège du conducteur. J'ouvrirai le mien quand on sera arrivées.

Elle refusait d'écrire quoi que ce soit ces jours-ci. Elle ne voulait pas qu'on puisse lire ses pensées temporaires une fois qu'elle aurait quitté la planète de façon permanente.

– J'adore cet homme, déclara Alicia en montant dans la voiture avant de lui souffler un dernier baiser.

Il recula, les mains dans les poches. Alicia l'avait chargé de garder la maison en leur absence.

– Tu as une étrange conception de l'amour, dit Cam à sa mère.

– Qu'est-ce que tu en sais ?

– Rien, de toute évidence. Par où ?

– Prends à gauche.

– Au sud ? Le Maine est plutôt au nord, non ?

– On va s'arrêter chez Tom.

– Bon sang. Vraiment ?

– Il doit nous donner de meilleures indications. Cet endroit est quasiment impossible à trouver, même avec un GPS. Et j'ai entendu parler des gens du Maine, personne ne nous aidera quand on sera sur place.

* * *

Tom vivait à l'intérieur d'une jungle de mangrove, de lianes et de palmiers. Il fallait presque se munir d'une machette pour se frayer un chemin jusqu'à sa porte. Sa maison grouillait de souris, de salamandres, et cinq iguanes s'y promenaient en toute liberté. En général, son téléviseur était allumé avec le son à plein volume et l'unique moyen de déterminer s'il s'agissait oui ou non d'un lieu de travail était une petite plaque dorée située près de la sonnette, où l'on pouvait lire :

Thomas Lane :
Herbaliste, Guérisseur, Chaman, Chef.

– Mesdemoiselles, dit-il en leur ouvrant.

Il portait une chemise bleu et vert teinte au batik et tendit un joint à Alicia.

– Non, merci, répondit-elle. Je dois conduire plus tard.

– Comme tu veux.

Pour une fois, ses cheveux grisonnants et son jean étaient propres. Il avait les yeux moins rouges que d'habitude. Cam se dit qu'il avait peut-être fait une rencontre, ou réduit sa consommation d'herbe.

– Cam, dit-il. Tu as l'air bien. Tu as pris la poudre aux noyaux d'abricot que je t'avais donnée ?

– Non, marmonna Cam en enjambant un iguane sommeillant dans une tache de soleil.

– Tu dois ouvrir ton cœur aux possibilités de l'Univers. On ne peut pas t'aider si tu ne fais pas un effort.

– Sans doute, dit Cam. Mais on est simplement venues pour avoir des indications.

– Pour vous rendre à Promise ?

– C'est ça, répondit Alicia.

– Je suis ravi que tu aies décidé de franchir ce pas, Cam. Une petite taffe ?

– Non, merci. Ne me souffle pas dans la figure.

Tom avait mauvaise haleine, car il se nourrissait essentiellement de saucisses de volaille pour bébés dont il gardait les pots. Soigneusement rangés sur des étagères allant du sol au plafond, ceux-ci lui servaient à y enfermer des plantes sous forme de poudre, de feuilles ou de racines. Aucun pot n'était étiqueté, Tom connaissait par cœur leur emplacement. Dénicher une carte du Maine semblait être plus compliqué. Il finit par déterrer un sac en papier revêtu de gribouillages et portant la mention *Dunkin' Donuts*.

– Voici les indications, annonça-t-il. Promise est un endroit magique, Campbell.

– Ah bon ? Tu connais ?

– Non, mais c'est l'équivalent de Shangri-La, paraît-il. Donc, le chemin pour aller à Promise se trouve derrière le *Dunkin' Donuts*, à la sortie 33. On peut uniquement l'apercevoir depuis l'interphone du parking. Commander un lait chocolaté et un *woopie* porte chance à ce qu'on dit.

– Un *woopie* ? répéta Cam. Un gâteau à la crème de marshmallow ? C'est une blague ?

– Non, rétorqua Tom d'un air grave. Ce n'est pas une blague. Si tu arrives à trouver cette ville – et la plupart des gens n'y parviennent pas –, des choses extraordinaires peuvent se produire. Comme une pluie de petits poissons et des guérisons miraculeuses. Ce dont tu as besoin, il me semble. Alors prends ça, ajouta-t-il en lui remettant le sac en papier. Le numéro de téléphone de l'hôtel est écrit au dos.

– Merci, dit Cam.

La pluie de poissons lui rappelait un livre que lui avait lu son père : *Il pleut des hamburgers.* C'était l'histoire d'une ville enchantée où la nourriture tombait du ciel à l'heure des repas. Puis ça dégénérait et les habitants étaient obligés de regagner le monde réel à bord de tranches de pain gigantesques.

– Est-ce qu'il y a des voiliers en tranches de pain à Promise ? demanda Cam.

– Quoi ? fit Tom.

– Rien.

– Ne tardez pas, reprit Tom. Et n'oubliez pas de m'envoyer une carte.

Cam scruta les indications griffonnées sur le sac en papier. Elle ravala ses larmes. Ce voyage lui paraissait soudain si absurde. Elle regrettait de ne pas être restée dans sa chambre, sous sa couette, en attendant que tout ça soit fini. Mais, quand elle leva le nez vers sa mère et Perry qui l'observaient toutes deux d'un air extatique depuis le couloir, elle comprit que cela ne dépendait pas seulement d'elle.

– En route, bande de chiennes, maugréa-t-elle.

Sa mère lui prit le sac en papier des mains et elles marchèrent ensemble jusqu'à la voiture.

CHAPITRE SIX

– On peut lire les pancartes, Perry, s'irrita Cam. Tais-toi !

Elles roulaient depuis six heures et commençaient à devenir un peu folles. Alicia n'avait pas cessé de composer le numéro de l'hôtel fantôme de Promise. Personne ne décrochait. Les panneaux faisant la réclame de South of the Border[1] avaient commencé à surgir dans l'État de Géorgie et continuaient à jalonner la route tandis qu'elles traversaient la Caroline du Sud. Un hot dog en trois dimensions en forme de sourire géant amusa Cam. Les panneaux ne la dérangeaient pas, en fait. Ils la distrayaient du paysage lugubre de la belle Amérique. La beauté ne semblait plus être une priorité pour les Américains. Le long de l'autoroute 95, l'Amérique était devenue une agglomération de logements à bas prix se répliquant sans arrêt comme des cellules cancéreuses. Construits sur des champs de soja désertés, ces logements étaient uniquement séparés par des hypermarchés. Comme si, dans la vie, on avait simplement besoin d'un lieu pour aller faire ses courses. Chaque maison possédait une balançoire et un carré de pelouse jonché de jouets en plastique. Nul n'avait songé à ériger une haie pour

1 - Nom d'un parc d'attractions situé au sud de la frontière qui sépare la Caroline du Sud et la Caroline du Nord.

cacher cette manie de polluer. Les gens n'avaient pas honte de leur consommation de plastique. Pas étonnant si les ours blancs se noyaient.

En se rapprochant de South of the Border, Cam distingua les lumières de la tour du Sombrero, qui clignotaient comme celles d'une soucoupe volante. Puis la voiture passa entre les jambes de l'énorme enseigne lumineuse d'un Pedro – bandit mexicain et mascotte.

Les lieux étaient désolés et arides. Quelques entrepôts emplis d'objets miteux entouraient la tour du Sombrero, ainsi que des statues d'animaux en plâtre. Une girafe orange, un gorille vêtu d'un tee-shirt. Cam ne voyait pas le lien avec le Mexique. Accéder par ascenseur au sommet de la tour coûtait un dollar et permettait de ne rien contempler à des kilomètres à la ronde.

– Cet endroit s'est vraiment dégradé, commenta Alicia.

Elle avait enfin arrêté de composer le numéro de l'hôtel et jetait un œil autour d'elle.

– Oui, avant, je suis sûre que c'était classe, se moqua Cam.

– C'était mieux que ça.

De nuit, c'était moins moche que de jour. Les néons apportaient au lieu un certain cachet. Hormis l'absence de prostituées visibles, cet endroit aveuglant, crasseux, pauvre et criard ressemblait au vrai Tijuana. Elle fit rentrer son canari dans sa cage afin de lui épargner cet étalage de vulgarité.

– Tout le monde autour du stéréotype ! lança Cam.

Son père employait cette phrase quand les touristes de Disney sollicitaient son intervention pour une photo.

Cam prit un cliché de sa mère et de Perry pinçant les joues d'un Pedro en plâtre.

Puis Cam se dirigea vers une boutique de souvenirs située à l'ouest, laquelle proposait des bricoles plus intéressantes que l'autre boutique du même genre. Mais Perry protesta :

– Le rayon des licornes n'est pas dans celle-là.

– Dans ce cas, je vous rejoindrai à la galerie marchande, répondit Cam.

À l'intérieur du magasin, Cam repéra des hectares de verres de tequila, des mobiles musicaux, des cure-dents, des porte-clés, des autocollants et autres gadgets. C'était le paradis. Cam avait du boulot. Elle aurait pu payer avec son chèque de Disney, mais la kleptomanie la grisait.

« C'est la dernière fois », se dit-elle. Bien sûr, c'est toujours ce que disent les gens qui cherchent à décrocher d'une drogue, mais ce serait vraiment la dernière fois.

Elle trouva aussitôt un cadeau parfait pour Perry. Une tasse bleue portant son prénom, représentant un footballeur. Perry n'aimait pas avoir un prénom valable pour les deux genres et écrivait donc le sien avec un « i » surmonté d'une marguerite.

Le cadeau la rendrait furieuse un instant, puis la ferait rire. Cam glissa la tasse dans la poche de sa veste et faucha ensuite une grenouille en coquillages pour sa mère. Alicia détestait ce type d'objet artisanal. Surtout dans la salle de bains. Cam insisterait pour emmener la grenouille dans le Maine.

À l'intérieur de sa jambe de pantalon qui se resserrait au genou, elle cacha un flamant rose servant à se gratter le dos. Puis elle reçut un texto de Lily :

TMSTLA (ta mission si tu l'acceptes) :
Fusées sifflantes de la ville de Rocket
+ cierges magiques.

La Caroline du Sud était encore un des rares États à ne pas avoir de loi s'opposant à laisser les gosses s'exploser les doigts avec de la dynamite. Cam sortit de la boutique, traversa la rue et avança jusqu'au magasin de feux d'artifice, situé près d'une pompe à essence. Qui pourrait avoir l'idée de placer des explosifs à côté d'une pompe à essence ? Quoi qu'il en soit, sa mission ne fut pas difficile : la caissière, une femme édentée, avait les yeux rivés sur un téléviseur qui diffusait une course de camions géants.

Les fusibles de la fusée sifflante écorchèrent les jambes de Cam tandis qu'elle dépassait le Sombrero : une montagne russe décrépite et hors service. Selon Carlos, le gardien posté devant l'entrée déserte, le Sombrero devait être réparé le mois suivant.

Cam repéra sa mère et sa sœur dans la galerie marchande et les rejoignit. Une licorne blanche décorait la joue de Perry, qui suppliait leur mère de la laisser utiliser une machine en faux bois des années soixante-dix prédisant l'avenir.

Alicia écoutait de nouveau la tonalité de la ligne occupée de l'unique hôtel de Promise.

Perry avait gagné. Alicia mit un dollar dans la machine. Des lumières jaunes s'allumèrent et s'éteignirent autour de la tête d'une divinité de l'Inde peinte. Perry posa son doigt sur un support. Les lumières clignotèrent de nouveau et la machine cracha une carte lui révélant qu'elle avait de la chance en amour.

« Quelle surprise ! » se dit Cam. Perry était une déesse blonde d'origine scandinave. Quelqu'un se cachait-il à l'intérieur de la machine ?

– À toi, dit Perry. Essaie.

– D'accord, répondit Cam. Et si on me dit que j'ai de la chance en amour, on saura que c'est une arnaque.

Cam plaça son doigt sur la machine. La tête de la divinité s'illumina, la carte de Cam surgit.

Elle vit aussitôt qu'elle n'avait pas de bordure rouge, comme celle de Perry, et, quand elle essaya de s'en emparer, c'était comme si le personnage peint la retenait. Elle tira plus fort, finit par placer un pied contre la paroi de faux bois et fit une ultime tentative. La carte en main, elle recouvra son équilibre et baissa les yeux. Le morceau de papier était vierge.

Elle le retourna. Rien. Elle jeta un œil sur la fente de l'appareil et n'y vit pas d'autre carte. Le visage de la divinité affichait un petit sourire suffisant.

– Il n'y a rien dessus, fit Cam, déçue.

– C'est parce qu'il faut y croire, répliqua Perry. Autrement, il ne peut pas savoir que tu existes.

Cam chiffonna la carte. Elle peinait à respirer. Elle se sentait faible depuis Atlanta et aurait dû passer à l'hôpital. Mais, après une bonne nuit de sommeil, ça irait mieux. Ou pas. Son avenir était peut-être vide, après tout.

CHAPITRE SEPT

Des aiguilles de pin tapissaient l'allée qui menait à la maison de Lily. L'habitation ressemblait à une réclame pour les bouteilles de sirop d'érable.

Il n'était que vingt heures et Cam se sentait épuisée. Le voyage depuis la tour du Sombrero avait duré moins d'une heure, mais Cam avait failli recourir à la morphine cachée dans la poche secrète de son pantalon. Puis elle y avait renoncé, se contentant de boire des litres d'eau et de prendre son remède à la racine de calendula.

En descendant de la voiture, elle s'étira. Sans lui laisser le temps de remettre ses chaussures, Lily la tira par le poignet et l'entraîna derrière la maison, où le terrain descendait jusqu'à un lac. S'appliquant vainement à éviter les pommes de pin, Cam grimaçait. Flottant dans une robe blanche de fée des bois, Lily progressait avec grâce. Elles atteignirent le bout d'un ponton où Lily avait déposé deux canettes de soda, un paquet de cigarettes et un coquillage nacré en guise de cendrier. La fibre de verre d'un bateau à moteur grinçait contre les pneus cloués à la structure de bois. On pouvait aussi entendre le clapotis des vagues et les cigales. La lune projetait un sentier lumineux sur la surface du lac, invitant à y marcher.

– C'est fait ! annonça Lily.

Elle alluma une fusée sifflante qui détona au-dessus de l'eau. Lily était experte en feux d'artifice ou en pyromanie.

– Qu'est-ce que tu as apporté d'autre ? s'enquit-elle en fouillant avidement dans le sac de Cam.

– Attends, recule un peu. Qu'est-ce qui est fait ?

Lily avait changé depuis que Cam avait partagé sa chambre dans la dernière clinique où elles avaient testé un nouveau traitement. Ses cheveux verts et hérissés avaient retrouvé leur couleur naturelle : un blond terne. Un bandeau sage maintenait sa chevelure, qui lui arrivait aux épaules. Un trait turquoise, et non noir, soulignait ses yeux bleu clair.

– Qu'est-ce qui t'est arrivé, Alice ? reprit Cam. Tu es tombée dans le terrier du lapin ?

– On peut voir ça comme ça.

Lily s'assit à côté d'elle et trempa ses pieds dans l'eau.

– Tu l'as fait avec qui ? questionna Cam.

– Ryan, répondit Lily en souriant.

Cam était surprise que son amie lui en parle seulement maintenant.

– Je l'ai rencontré à l'église, poursuivit Lily.

– Tu vas à la messe, maintenant ? demanda Cam, dont l'étonnement grandissait.

– Je fais partie d'un groupe de jeunes croyants, avoua Lily en s'enveloppant dans une serviette de bain orange.

– Le genre de groupe qui veut rétablir la virginité jusqu'au mariage ?

Malgré la chaleur torride, Lily frissonna.

– C'est ce qu'ils affirment en public.

– Et en privé ?

– Ils baisent comme des lapins.

– Ah. Je comprends mieux pourquoi ça marche. Alors tu vas à des concerts de rock catho ?

– Non, j'ai trouvé une limite raisonnable, expliqua Lily.

Elle écoutait toujours les groupes de punk Rancid, Propagandhi, Anti-Flag et les Dead Kennedys, mais, pour le salut de Ryan, elle avait renoncé à Christ on a Crutch et à quelques autres groupes qui critiquaient la religion.

– Il est comment ? questionna Cam, imaginant un grand échalas boutonneux. Il a de l'acné ?

– Cam !

Cam était furieuse. Elle se demanda si c'était lié à sa jalousie vis-à-vis de Ryan ou au fait que Lily ait mené une double vie sans le lui dire.

– Donc Ryan est ton petit ami ? finit par dire Cam, suivant des yeux une libellule qui survolait le lac.

– Une fois qu'il aura rompu avec Kaitlin.

– Bien sûr.

– Non, il m'aime. Mais ça fait longtemps qu'il sort avec Kaitlin, et il a du mal à s'extraire de cette relation.

– Kaitlin n'a pas décidé de rester vierge jusqu'au mariage, j'imagine ?

– Il m'aime. Quand on est une femme, on sait ce que c'est.

Lily alluma une cigarette avec un briquet volé par Cam à la ville de Rocket.

– Une femme ? répéta Cam. Il a fait de toi une femme ?

– Totalement, se vanta Lily en soufflant une bouffée de tabac vers la figure de Cam.

– Ne fume pas.

– Ne m'embête pas, répondit Lily en jetant sa cigarette dans l'eau.

– Comment peux-tu en être aussi certaine ? insista Cam.

– Il y a des signes qui ne trompent pas.

– Comme quoi ?

– Je ne sais pas. Quand il me touche, il me transmet une vibration, un courant, une sagesse viscérale. Ça me donne la chair de poule. Et seulement quand il me touche. Voilà comment je le sais.

– Une sagesse viscérale, marmonna Cam. Cela signifie simplement que tu le désires, non ?

– Ça suffit, Campbell ! Je sais ce que je sais, d'accord ?

– Très bien. Alors, félicitations.

Elle aurait voulu être contente pour son amie, mais un garçon de dix-sept ans nommé Ryan évoquait vraiment un stéréotype de fantasme érotique.

– J'ai une autre confidence à te faire, dit Lily en se tournant vers Cam.

Lily avait maigri. Elle avait le teint gris, la peau diaphane, les traits coupants.

– Je ne sais pas si j'ai le courage de l'entendre. Tu devrais te nourrir correctement.

– Je mange ! assura-t-elle. Et j'ai écrit une lettre à Fais-un-Vœu.

Cam se sentit trahie. Avec Lily, elles s'étaient juré de ne jamais laisser une organisation exploiter leur maladie.

– Je l'ai fait car je veux aller en Italie avec Ryan, ajouta Lily.

– Qu'est-ce qu'en pense Kaitlin ?

– Tais-toi. Tu devrais leur écrire, toi aussi.

Hormis « Je souhaite ne plus avoir de cancer et je souhaite faire l'amour avant de mourir », Cam ne voyait pas ce qu'elle aurait pu demander. Cela faisait si longtemps qu'elle s'entraînait à ne plus rien espérer ou désirer. Elle avait eu sa voiture. Le canari. Elle effectuait un voyage et, si elle continuait à filer, le cancer ne parviendrait peut-être jamais à la rattraper.

– Je n'ai pas de vœu à formuler, déclara Cam.

Lily s'appuya contre elle.

– Si, tu en as.

Cam se dégagea.

– Arrête.

– Tu en as, insista Lily en jetant un nouveau mégot dans le lac.

– C'est quoi cette manie de polluer ? grogna Cam. Je souhaite que mon amie Lily arrête de fumer et de jeter ses cigarettes dans la nature.

– Je vais leur adresser une lettre en ton nom.

– Super. Ils vont probablement m'envoyer à Disneyland.

Les cigales et le coassement des crapauds emplirent le silence. Avec Ryan, Lily s'était aventurée dans un lieu que Cam n'aurait sans doute jamais l'occasion de découvrir. Cela creusait un fossé entre elles.

– Kaitlin a une angine, informa Lily. Ryan veut aller pique-niquer avec nous, demain. Tu vas pouvoir le rencontrer.

– Et je ferai quoi pendant que vous irez vous cacher dans les bois ?

– Ryan a un copain. Andrew.

– Ah non ! protesta Cam.

– Ah si !

– Je pourrai toujours dire que je suis malade.

– Fais-moi confiance, dit Lily.

– Bon, d'accord, je viendrai.

Cam regretta de ne pas avoir ajouté quelque chose à propos d'une rencontre catastrophique à sa Liste Flamant Rose.

– Il y a une chose que j'aimerais faire, confia Lily en se levant.

Elle se plaça derrière Cam et marmonna :

– Au nom du Père, du Fils et du Saint-Esprit, je te baptise, Campbell Maria Cooper.

Puis elle poussa Cam du ponton.

Stupéfaite, Cam resta un instant dans l'eau tandis que les algues lui chatouillaient les pieds, puis elle grimpa à l'échelle en plastique blanc du ponton. Lily la regardait d'un air espiègle. Comme le jour où elles avaient volé des rouleaux de papier à l'hôpital pour se fabriquer un déguisement d'Halloween.

Cam recracha de l'eau.

– Tu viens de me baptiser ?

Lily acquiesça. Agnostiques, les parents de Cam n'avaient jamais cru aux rituels religieux qui tendent à séparer les gens les uns des autres. Comment verser un peu d'eau sur la tête de quelqu'un peut-il l'aider à accéder au paradis ?

– Tu n'as pas le droit de faire ça à une personne contre son gré.

– On baptise les bébés sans leur demander leur avis, répliqua Lily.

– Je ne suis pas un bébé. Aide-moi, s'il te plaît.

Lily saisit la main que lui tendait Cam et se retrouva dans le lac.

– Tu as marché, dit Cam quand Lily refit surface. C'est vraiment un vieux truc, pourtant.

– Je le méritais, répliqua Lily en nageant pour se maintenir à la surface.

Cam la prit par le poignet et la ramena jusqu'à l'échelle. Elle était si légère.

– Qu'est-ce que je peux faire pour ne plus être baptisée ? demanda Cam.

– Commets beaucoup de péchés.

– Tu as l'air plus douée que moi dans ce domaine.

– Sauf pour « Tu ne voleras point ».

– C'est une mauvaise habitude, c'est vrai.

La lune projetait son faisceau sur Lily.

– Tu penses vraiment que le baptême peut changer quelque chose ? demanda Cam.

– Je ne sais pas. Tu as rencontré Jésus ?

– Pourquoi ? Il est sous l'eau ? plaisanta Cam.

– Très drôle. Je t'ai baptisée par prudence.

– Alors, je devrais t'en remercier.

Cam n'arrivait pas à se fâcher. Après tout, cela n'avait pas d'importance pour elle. Et sa grand-mère catholique allait s'en réjouir. Pour Lily, ça devait être une façon de l'intégrer à son nouveau style de vie religieux avec Ryan.

Cam sortit du lac et s'enveloppa dans la serviette orange de son amie. En grelottant, elles ramassèrent les canettes de soda et le cendrier. Les fenêtres jaunes de la maison étaient allumées.

– Enfin, maintenant, tu es sauvée, déclara Lily.

Elle passa son bras osseux sous celui de Cam et elles gravirent ensemble le talus jusqu'à la maison.

CHAPITRE HUIT

Après avoir dormi avec sept oreillers différents dans une chambre où la température régulée ne dépassait pas vingt-deux degrés, Cam se réveilla en forme. Elle descendit l'escalier fabriqué avec des bûches fendues vernies et couvert d'un tapis vert clair. Kathy, la mère de Lily, accueillit Cam dans la cuisine. Originaire du sud des États-Unis, c'était une fausse blonde, avec de faux seins et de faux ongles.

– Bonjour, Cayum, dit Kathy avec son accent stupide.

« Étrange qu'un accent puisse donner aux autres l'impression qu'on est débile », songea Cam.

– Qu'est-ce que tu veux manger ? reprit Kathy.

Cam jeta un œil dans la cuisine équipée de placards en cerisier, d'appareils en acier rutilant, d'un comptoir de granit et d'un îlot central avec un plan de travail. Derrière l'évier, la fenêtre donnait sur le lac. Kathy allait probablement lui proposer un choix varié, mais pas ce dont Cam avait envie : des *Lucky Charms*, des céréales à la guimauve. Enfin, du moment qu'on ne la forçait pas à manger de l'ananas… La veille, la mère de Lily leur avait servi une crème polynésienne à l'ananas achetée à un traiteur de Caroline du Nord.

– C'est une spécialité authentique ? s'était enquise Kathy.

– Aucune idée, avait répondu Alicia. Je viens d'une famille italienne du New Jersey.

Tout le monde s'était esclaffé. En général, la conversation entre la mère de Cam et les parents de Lily tournait autour du cancer : les analyses de sang, les nouveaux traitements à tester, les découvertes médicales, les symptômes, les moyens pour obtenir plus d'énergie.

Le neuroblastome était le cancer des enfants. Les cellules embryonnaires du système nerveux sympathique se multipliaient de façon anarchique, créant des tumeurs autour du foie, gagnant ensuite les reins ou les os ou n'importe quel point de l'organisme. Ce cancer touchait essentiellement les bébés, lesquels parvenaient souvent à y survivre. Chez les bébés, le neuroblastome pouvait même disparaître soudainement, comme par miracle. Quand il touchait les enfants plus âgés, c'était une autre histoire. Les chances de survie étaient minces.

– Cayum, j'aimerais te parler une minute, déclara Kathy en se resservant une tasse de thé.

– Tu as des *Lucky Charms* ? questionna Cam, cherchant à éviter le sujet qui la guettait.

– Peut-être. Va voir dans la réserve.

Très grande, emplie d'étagères garnies d'aliments divers, celle-ci ressemblait à une véritable épicerie. Au rayon céréales, Cam ne repéra que des produits bio bourrés de fibres. Pas étonnant que Lily ait maigri. Cam s'empara d'une boîte verte et resurgit dans la cuisine.

– Il y a de quoi nourrir une ville entière, là-dedans, commenta-t-elle.

– Oui, reconnut Kathy. On devrait peut-être en apporter une partie à une banque alimentaire. Écoute…

– Je n'ai pas vu de *Lucky Charms*, mais j'ai trouvé ça, coupa Cam. Allégé en sucre et sans acides gras saturés.

– Tant mieux. Tu sais, nous avons entendu parler d'un nouveau traitement. Malcolm a fait jouer ses relations, et Lily va l'essayer. C'est très cher, mais, si tu es partante, nous serions ravis de pouvoir t'aider financièrement. C'est à Chicago. Malcolm connaît quelqu'un qui connaît quelqu'un, c'est pour ça que Lily a été acceptée.

D'un air distrait, Cam observa le vol d'un cardinal rouge qui passait devant les fenêtres situées derrière Kathy.

– Quand elle était jeune, maman a connu Madonna, murmura Cam.

Puis elle alla se percher sur un tabouret et posa ses coudes sur le comptoir de granit.

– Hum, fit Kathy. Vraiment, ma chérie ?

– Néanmoins, je ne sais pas si Madonna pourrait nous donner un coup de pouce.

– Alors que penses-tu de ma proposition ?

Renoncer au monde médical effrayait Cam. Celui-ci faisait partie de sa vie. Les leucocytes, lymphocytes, neuroblastes, métastases avaient envahi son identité, de même que les séances de chimio, les interventions chirurgicales, les protocoles thérapeutiques. Mais maintenant, à ses yeux, cela n'avait plus aucune importance. L'industrie milliardaire du cancer avait échoué. Les souffrances endurées, les greffes de moelle – tout ça pour que dalle. La guerre contre le cancer, comme n'importe quelle guerre, avait pour principale finalité de stimuler l'économie. Les médicaments se vendaient. Les médecins gagnaient leur vie. Les entreprises pharmaceutiques s'enrichissaient. Cam était devenue un dommage collatéral de cette guerre. Et elle en avait ras le bol. Elle jetait l'éponge.

– Kathy, c'est très gentil de ta part. Vraiment. Mais ce n'est pas la voie que j'ai décidé de suivre.

– Depuis quand as-tu une voie ? demanda Alicia depuis l'entrée de la pièce.

Appuyée au chambranle de la porte, vêtue d'un pyjama et d'un kimono, elle affichait une expression déçue.

– Depuis aujourd'hui, répondit Cam. Au cas où tu l'aurais oublié, on doit aller dans cette ville du Maine. C'est notre stratégie, puisqu'on n'a pas de relations.

– Tu pourrais au moins essayer, insista Alicia. C'est la recherche médicale.

Cam hésita un instant. En général, mieux valait essayer plutôt que de ne rien faire. Mais pas dans son cas. Le voyage lui avait fait changer de point de vue. Elle avait accepté de partir, elle voulait aller jusqu'au bout. Finir ce qu'elle avait commencé.

– *A'ohe I pau ka 'ike I ka halau ho'okahi*, déclara-t-elle.

C'était un adage populaire hawaïen signifiant : « Une seule école ne possède pas tous les savoirs. » Et elle ajouta :

– Je ne veux plus être un cobaye.

Le dernier traitement qu'elle avait testé avait tellement affaibli son système immunitaire qu'elle s'était retrouvée avec un zona et des mycoses sur tout le corps y compris la langue. Impossible de fermer la bouche pendant trois jours. Tout ça pour prétendument améliorer sa santé.

Cela n'avait aucun sens. Pas plus que se rendre à Promise. Cam saisit une banane et sortit de la cuisine. Au même instant, Lily la bouscula en y pénétrant. Vêtue d'un cache-cœur et d'un short, elle demanda à sa mère si le pique-nique était prêt.

– Tu laisses ta mère le préparer à ta place ? s'enquit Cam.

– C'est la dernière fois, déclara Kathy en déposant du brie et des nectarines à l'intérieur du panier.

– Merci, maman, dit Lily.

Elle se tourna vers Cam et l'examina.

– Tu comptes rester habillée comme ça ?

Cam portait encore le long tee-shirt avec lequel elle dormait.

– Je viens de me lever. Il est un peu tôt pour aller pique-niquer.

– Ryan a un rendez-vous cet après-midi. Va te changer, dépêche-toi !

De retour dans sa chambre, Cam enfila un pantalon et un haut noirs. Elle se coiffa en passant la main dans ses cheveux courts. Elle était en train de se demander si elle devait mettre des boucles d'oreilles quand le son tonitruant d'un klaxon retentit depuis l'allée. Elle saisit son sac, fila dehors, et resta un instant mortifiée face à un énorme quatre-quatre jaune.

– Viens ! pressa Lily en l'entraînant vers le véhicule.

– Tu ne crois pas que Jésus-Christ devrait plutôt rouler en voiture électrique ? lâcha Cam.

– Ne sois pas rabat-joie.

Cam l'aida à ouvrir la portière de la monstruosité.

– Où est Andrew ? demanda Lily à Ryan.

– À son match de crosse, répondit Ryan.

– Il va nous rejoindre ici ?

– Non.

– Ryan, tu aurais pu me prévenir !

– Ce n'est pas grave, Lil. Allez, monte.

– Laisse-moi au moins aller chercher un livre ou autre chose pour me distraire, supplia Cam.

Elle pivota vers la maison, mais Lily la fit grimper de force à l'arrière du véhicule. Ryan avait des boucles rousses, un teint d'ivoire et des taches de rousseur. Quelques boutons, mais rien de repoussant. Tout en lui paraissait jeune, naissant, lisse, comme s'il venait de débarquer sur la planète des adultes après avoir brisé la coquille d'un œuf extraterrestre. Tout, sauf sa voix. Grave et forte, elle étonnait Cam.

– Ravi de faire ta connaissance, lui dit-il.

Et Cam comprit soudain pourquoi Lily le trouvait attirant. Mais elle n'avait pas envie d'aller se promener avec eux, elle aurait préféré aller au cinéma avec sa mère et Perry.

Arrivés au parc, ils gravirent une colline. À chaque pas, Cam se sentait accablée par la faiblesse de ses muscles. Cependant, l'air frais lui redonnait des forces et Lily avait meilleure mine. Ils atteignirent un point panoramique avec vue sur un lac scintillant au soleil. En fait, il s'agissait d'un ancien champ de soja inondé, transformé en réservoir d'eau par des ingénieurs de l'armée. Les voix des canotiers et de quelques dingues surexcités montaient jusqu'à eux.

Ryan étendit une nappe à carreaux sur l'herbe et insista pour prier avant d'aider Lily à sortir le déjeuner du panier. Puis il lui prépara son amuse-gueule préféré : une tartine de fromage pimenté avec une rondelle de cornichon.

– Mange quelque chose, implora-t-il.

Durant l'ascension de la colline, Ryan avait porté leurs affaires et bavardé amicalement avec elles. Il avait dû suivre les mêmes cours d'étiquette que Lily en grandissant, ce qui, selon Cam, faisait sans doute d'eux un couple bien comme il faut.

Lily avala une bouchée, puis se couvrit le nez et la bouche d'une serviette en papier. Celle-ci se mit aussitôt à rougir.

– Merde ! dit-elle.

Cam dénicha une poche de glace dans la glacière et l'appliqua sur le nez de son amie.

– Ça t'arrive souvent ? questionna Cam.

– Oui, c'est nouveau.

– Moi, j'ai eu une crise sur le parking d'un supermarché.

– Quelle chance, plaisanta Lily. Je reviens.

Elle se dirigea vers les toilettes extérieures situées dans les bois à une centaine de mètres.

Cam s'assit sur la nappe et nettoya le sang de ses mains à l'aide d'une bouteille d'eau. Ryan contemplait le lac. Une brise murmurait à travers les pins. Au loin, Cam entendait un pivert mitrailler un tronc.

– Je vais en profiter pour te connaître un peu mieux, déclara-t-elle.

– Qu'est-ce que tu veux savoir ? répondit Ryan.

– Sincèrement ?

– Je n'ai rien à cacher, affirma-t-il.

– Quelles sont tes intentions ? questionna Cam.

– Mes intentions ?

– Vis-à-vis de Lily. Elle pense que tu l'aimes.

Ryan se redressa et croisa les jambes.

– Je veux profiter du temps qu'il nous reste, dit-il en saisissant une nectarine.

– Et l'autre fille ? Tu vas rompre avec elle ?

Ryan lança son fruit dans les airs, le rattrapa et croqua dedans. La bouche pleine, il darda un regard d'acier sur Cam et répondit :

– Et pour quelle raison je ferais ça ?

– Ferais quoi ? lança Lily.

Surpris, Cam et Ryan se tournèrent vers elle. Son nez ne saignait plus et elle s'était lavé la figure. Ryan se leva et s'éloigna.

– Qu'est-ce qu'il a ? s'enquit Lily.

– Aucune idée, dit Cam.

* * *

Ce soir-là, durant le dîner, Perry lut à voix haute la liste de miracles qu'elle avait consignés dans son carnet depuis leur départ. Certains, comme « Alicia ne s'est pas énervée depuis Atlanta », passaient encore. Mais l'essence ou les grues, classées parmi les « miracles du transport », firent bondir Cam.

– C'est de la technologie, Perry, pas des miracles ! Tu peux supprimer tout ce qui appartient à une catégorie finissant par « ogie ».

– Et l'angiologie ou la licornologie ? demanda Perry.

– Ou la théologie ? ajouta Malcolm.

L'embonpoint menaçait son large visage rasé de près.

– J'abandonne, déclara Cam.

– Alors, qu'est-ce que tu penses d'Andrew ? questionna Kathy en décochant un clin d'œil à Cam.

Cam regarda la pauvre carcasse de poulet qui gisait sur la table. Dans cette famille, tout ce qui pouvait être gênant était mis à nu durant les repas.

– Il n'est pas venu, répondit Cam.

Puis elle mordit dans un épi de maïs bouilli pour qu'on cesse de l'interroger.

– Il avait un match de crosse, pressa Lily en croisant le regard accusateur de sa mère.

– Et Ryan ? poursuivit Kathy. Tu l'as trouvé comment, Cam ?

– Très gentil, fit-elle avec prudence.

Cam avait beaucoup de mal à mentir et, quand elle le faisait, ça se voyait. « C'est sûrement à ça que doivent servir les cours d'étiquette, songea-t-elle. À apprendre à mentir sans être démasqué. »

Les joues rougies par le vin, Malcolm déclara :

– Si elle dit qu'il est intéressant, on saura qu'elle le hait.

– Il *est* intéressant, insista Cam. Et courtois.

Malcolm secoua la tête en riant.

– Elle le déteste, Lily.

– Je n'ai jamais dit ça, protesta Cam. Je l'aime bien. Il a une belle voix.

– Très bien, coupa Kathy. Qui veut de la tarte aux pêches ?

Le silence se fit. Alicia se leva et débarrassa quelques assiettes. Tandis que les mères s'affairaient dans la cuisine, Lily prit un air sévère et fit signe à Cam de monter à l'étage.

– Mais j'adore la tarte aux pêches, lui répliqua Cam.

– Alors sers-toi et apporte ta part dans mon ancienne chambre.

À contrecœur, Cam s'exécuta et suivit son amie.

– Qu'est-ce qui te déplaît à propos de Ryan, Cam ?

– Rien. J'ai dit qu'il était super !

– Non, tu as dit qu'il était gentil, intéressant, et qu'il avait une belle voix. Venant de ta part, ça signifie que tu le détestes.

– J'ai discuté avec lui pendant dix minutes. C'est trop court pour avoir le temps de le détester.

Lily la sonda du regard et finit par se détendre.

– Je veux simplement que vous vous aimiez bien tous les deux.

– Très bien, dit Cam. Tu veux travailler sur notre scénario ? Je l'ai apporté.

Avec enthousiasme, elle le sortit de sa valise.

– D'accord, répondit Lily. Laisse-moi juste le temps de dire bonne nuit à Ryan. Cinq minutes. Promis.

Elle sortit de la pièce et s'éloigna.

Au bout d'une demi-heure, Cam rangea leur projet à l'intérieur d'une enveloppe. Écrire un scénario de bande dessinée lui sembla soudain terriblement immature. Il fallait vraiment être un exclu ou une gamine de dix ans pour avoir une idée pareille.

La collection de lutins de Lily la regardait fixement, et elle se sentait honteuse. Elle cacha sa tête sous un oreiller et s'obligea à dormir.

* * *

Le lendemain matin, Cam alla dire au revoir à Lily. Hormis une immense peinture rose représentant des glaïeuls, la chambre de son amie était blanche comme un lys. Selon son thérapeute, cette couleur possédait des vertus apaisantes. Les murs noirs et les graffitis mauves représentant le nom des groupes de punk rock préférés de Lily avaient donc été repeints. Néanmoins, le blanc stressait Cam. Sans doute par crainte de salir quelque chose accidentellement.

Lily était enfouie sous sa couette. On pouvait à peine discerner la forme de son corps tant elle avait maigri. Cam bondit sur le lit.

– Je m'en vais, dit-elle.

Des gloussements lui parvinrent.

– Tu trouves ça drôle ? reprit Cam.

– Attends, dit Lily, et sa tête apparut enfin.

Cam se rendit compte qu'elle parlait au téléphone.

– Je suis à toi dans une minute, poursuivit Lily en balayant l'air d'un geste de la main.

Puis elle disparut sous sa couette et se remit à pouffer.

Son amie ne l'avait jamais traitée de cette façon. Cam était écœurée. Elle partait et elle ne savait même pas quand elle la reverrait. En se dirigeant vers la porte, Cam repéra une bonbonne d'oxygène près d'un bureau en plastique transparent. Deux photos encadrées étaient posées sur celui-ci. Sur l'un des clichés, Cam était assise avec Lily sur le lit de l'hôpital Saint Jude. Leurs deux crânes chauves se touchaient et elles souriaient. Sans réfléchir, Cam s'en empara et la cacha à l'intérieur de son sweat à capuche. Puis elle sortit et referma la porte.

– Tu es prête ? lança Alicia depuis le rez-de-chaussée.

– Oui, répondit Cam.

Dehors, elle rajouta une couche de ruban adhésif autour de Darren et contourna la remorque. Les parents de Lily agitèrent la main depuis l'entrée de la maison. Cam allait monter dans la voiture quand Lily arriva en trombe.

– Tu oses partir sans me dire au revoir ? cria-t-elle avant de s'arrêter, essoufflée, au milieu de l'allée.

Cam la rejoignit.

– J'ai essayé.

– Arrête de faire la tête, répliqua Lily, les mains sur les hanches.

Elle avait noué serré le cordon qui retenait son pantalon de pyjama, mais le bas de celui-ci couvrait ses pantoufles, buvant la rosée matinale comme les racines d'une fleur.

– Je ne fais pas la tête. Je suis contente pour toi. Bonne chance avec Ryan. J'espère que ton vœu sera exaucé, ajouta-t-elle froidement.

– Cam, fit Lily.

Cam observa une coccinelle ramper le long d'un brin d'herbe.

– Il se sert de toi, lâcha-t-elle.

Le regard de Lily se durcit.

– Qu'est-ce qui te fait dire ça ?

– Je lui ai demandé, Lil. Et il s'est montré étrangement honnête par rapport à ça. Je ne me suis pas trompée sur son compte.

Cam regretta aussitôt ses paroles. Elle se sentait anesthésiée. Comme si elle n'avait plus d'organes. Elle était une coquille vide. Une carcasse. Une carapace à la dérive.

– Tu es simplement jalouse ! cracha Lily. En fait, tu ne supportes pas de me voir heureuse. Tout ce que tu veux, c'est m'entraîner dans ton existence merdique. Mais j'ai besoin de profiter de la vie. De baisser la garde. Tu devrais peut-être essayer, toi aussi.

Cam ne tenait pas à baisser la garde. C'était tout ce qui lui restait.

– Je dois être moins désespérée que toi, rétorqua-t-elle.

Lily encaissa le choc et baissa les yeux. Puis elle donna un coup de pied dans une pomme de pin et répliqua, des larmes dans la voix :

– C'est drôle, parce qu'à mes yeux tu es la personne la plus désespérée au monde. Et il n'y a plus de place dans ma vie pour ta négativité. J'ai besoin d'être entourée d'énergie positive. J'ai besoin que tu me laisses tranquille.

– J'ai l'impression d'entendre le discours débile des méthodes pour retrouver le bonheur.

– Je ne plaisante pas, Campbell. Bonne chance pour tout.

Elle salua de la main Alicia et Perry, puis s'éloigna vers sa maison.

– Lily, dit Cam.

Mais celle-ci ne se retourna pas.

Une fois dans la voiture, Cam sortit le scénario de son sac et le déchira en deux.

CHAPITRE NEUF

– Maria ! Lydia ! s'écria leur grand-mère depuis sa maison de Hoboken.

En passant la tête par la lucarne du grenier et en regardant à gauche, on pouvait distinguer les gratte-ciel de Manhattan.

– Maman, appelle-les par leurs prénoms, dit Alicia.

– Harry et Jonathan ?

– Maman !

– Je plaisante. Mes chéries, promettez-moi de donner à vos filles des prénoms féminins. C'est mon dernier vœu. Comme Rose, par exemple. Pour me faire honneur.

– Oui, mamie, dit Perry en étreignant sa grand-mère.

– Elle est gentille cette petite, approuva Rose en embrassant la tête blonde de Perry.

Cam avait la gorge nouée d'émotion. Elle se laissa fondre entre les bras flasques de Rose qui murmurait :

– Campbell…

– Tu vois que tu n'as pas oublié mon prénom.

– Toi, je ne t'oublierai jamais, mon trésor. Ma première petite-fille. Allons déjeuner. Tu as l'air affamée, tu n'as que la peau sur les os. On dirait une des jumelles Olsen.

– Laquelle ? plaisanta Campbell.

– Celle qui sort avec Justin Bartha.

– Je ne vois pas qui c'est. Tu devrais arrêter de lire les magazines people, mamie.

– Quoi ? Je les feuillette chez l'esthéticienne. Je ne suis pas abonnée.

Rose sortit un plat du réfrigérateur.

– Tiens. Tu vas manger ça. C'est des lasagnes miracles. Tony Spinelli a essayé et ses calculs ont disparu.

– Tu crois aux miracles ? questionna Cam.

– Ce qui compte, c'est que toi tu y croies, répliqua-t-elle en se resservant une tasse de café.

Elle utilisait encore son vieux percolateur en acier des années soixante-dix. Hormis les murs qui jaunissaient, ce que Cam aimait dans la maison de sa grand-mère, c'est que rien ne changeait. Elle avait toujours la même broderie encadrée, les mêmes dessous-de-plat en fonte, les mêmes cache-pots en dentelle crochetée, le même sol en lino à carreaux noirs et blancs, la même table en formica avec quatre chaises rouges.

– Elle ne croit en rien, lâcha Perry.

– Je crois en toi, mamie, déclara Cam.

– Tu ferais mieux de trouver quelqu'un de plus puissant que moi.

À une époque, Cam aurait pu croire aux miracles. Certaines choses l'avaient laissé penser que des forces supérieures existaient et la surveillaient. À l'âge de six ans, elle songeait souvent à la main de Dieu, qu'elle se figurait en vieillard pourvu de larges mains qui pouvaient vous corriger si elles le décidaient. Dieu ne l'avait jamais frappée, mais des choses étranges lui étaient arrivées. Un jour, alors qu'elle marchait dans une rue à travers les marécages floridiens, regrettant de ne pas avoir un vélo pour se rendre chez sa copine Jessica, elle avait été balayée par un tourbillon invisible et y avait vu un signe de la main de Dieu. La force mystérieuse l'avait emportée depuis la maison de Mark Van Houten, gardée par un rottweiler aboyant et terrifiant, jusqu'à celle de Jessica, située trois cents mètres plus loin. Mais c'était avant le divorce de ses parents, et avant son cancer et avant la mort de son père. Bien avant qu'elle comprenne qu'elle n'atteindrait jamais l'âge de dix-huit ans.

* * *

À la nuit tombée, en l'absence de leur mère partie rendre visite à des amis, tandis que Cam et Perry regardaient une émission de télé-réalité, leur grand-mère surgit dans le salon vêtue de noir de pied en cap. Sa tenue comprenait des collants pour son cours de danse jazz, un bermuda et une casquette de base-ball. Un épais trait noir soulignait ses yeux.

– Tu es prête, Campbell ?

– Prête pour quoi ? s'inquiéta Campbell.

– Notre mission. Nous allons escalader le mur.

Un dimanche matin de 1999, la Vierge Marie était apparue à Joan Caruso, qui donnait des cours à l'église. Elle se trouvait alors dans la cour, laissant ses élèves catholiques se défouler tandis qu'elle contemplait le nœud d'un tronc d'arbre. Joan Caruso avait eu cinq enfants en cinq ans et devait manquer de sommeil. Elle avait vu le nœud prendre la forme du visage de la Vierge, laquelle lui avait murmuré : « Construis ici un autel afin que je puisse guérir tous ceux qui y viendront. Hoboken deviendra le Lourdes des États-Unis. » Cam ne pouvait pas prendre cette histoire au sérieux. C'était comme si cette Joan avait regardé *Pocahontas*, ce film dans lequel un arbre parle, sous l'effet du LSD. Mais les gens avaient préféré croire cette femme au lieu de lui prescrire des calmants. Et certains effectuaient des pèlerinages jusqu'à l'érable de Hoboken, en espérant une guérison grâce à ses feuilles.

– Viens, insista Rose. Prends cette lampe de poche.

– Pourquoi ne pas faire ça de jour ? demanda Cam. J'ai oublié ton explication.

– À cause de Rita.

Rita, l'ancienne amie de Rose, travaillait bénévolement dans l'administration de l'église en question et avait rejeté à trois reprises sa demande de visite et d'obtention d'une feuille de l'arbre.

– Pourquoi est-ce qu'elle t'en veut ? interrogea Cam en se levant.

– J'ai accidentellement couché avec son mari une fois ou deux, répondit sa grand-mère en rangeant son couteau suisse dans un petit sac à dos en cuir noir.

– Comment ça « accidentellement » ?

Rose haussa les épaules.

– Tu nous accompagnes, Perry ?

– Non, je suis trop fatiguée.

– Tu nourriras Tweety, dit Cam. Surtout, ne le laisse pas sortir. Il a peur quand il est dans un nouvel environnement.

Puis, vêtue de noir, comme d'habitude, elle suivit sa grand-mère jusqu'à l'église. Elles la contournèrent et longèrent le mur de brique ajouré qui cernait le cloître.

Bien sûr, Cam ne comptait pas sur une feuille d'érable pour guérir. Elle ne croyait pas en la Vierge Marie. Elle se l'imaginait enceinte, bavardant autour du puits avec ses amies pour essayer de trouver une bonne excuse.

– Je sais, avait dit l'une d'elles. Raconte aux gens que c'est Dieu.

– Parfait ! avaient renchéri les autres.

Et ce mensonge avait dû prendre des proportions insoupçonnables. Donc, Cam ne croyait pas aux miracles de Marie, mais la perspective de faire les quatre cents coups avec sa grand-mère et de l'aider à prendre sa revanche lui plaisait.

– Le voilà ! dit Rose en montrant du doigt l'érable planté au centre du cloître.

Luxuriant, verdoyant, fertile, le jardin était bien entretenu. C'était un peu comme l'hôtel polynésien, avec une flore différente. Des rosiers poussaient le long du mur, une pelouse vert tendre, des plantes fleuries, des statues de Marie et une fontaine avec un ange composaient le reste du lieu. Au centre se dressait l'érable.

Cam regarda les branches dépassant du mur.

– Et si on prenait une feuille de cet arbre ? suggéra-t-elle.

– Non. C'est celui-là. Au milieu. C'est lui et pas un autre.

Le boulanger et sa femme venaient de sortir de leur boulangerie italienne. Après avoir fermé la porte, ils observèrent un instant Cam d'un air soupçonneux avant de s'éloigner.

– Bon, dit Cam. Tu vas monter la garde. C'est moi qui vais y aller. Je ne veux pas que tu te casses le col du fémur.

Au coin de la rue, le feu passa au vert, mais aucune voiture n'avança. Le quartier était calme à cette heure.

– Je vais avoir l'air suspecte, protesta sa grand-mère.

– Alors pourquoi avoir choisi cette tenue ?

– Je ne sais pas. Sur le moment, ça m'a pris.

– C'est quelque chose qui t'arrive fréquemment, mamie. Faudrait songer à travailler sur tes pulsions…

– Vas-y, coupa Rose. Grimpe.

Elle lui fit la courte échelle.

– Je me sens un peu faible, dit Cam en se plaçant sur les épaules de Rose.

– Tu veux que je te remplace ?

– Non, ça va aller.

– Attends, quel est notre mot de passe ? En cas d'urgence.

– Banane, répondit Cam.

Puis elle se hissa au sommet du mur et se laissa glisser de l'autre côté en essayant d'éviter un rosier. Une fois à terre, elle entendit :

– Banane. Banane. Banane.

– C'est la police ? murmura Cam.

– Non, Rita. Je rentre à la maison. Bonne chance.

– Mamie ? dit Cam.

Mais cette dernière avait déjà disparu. Cam se tourna vers l'érable, qui était protégé par une barrière blanche et éclairé par des spots bleus et blancs depuis le sol. Elle s'en approcha et tendit la main vers une branche basse.

Au même instant, elle reconnut le pépiement de son canari et distingua son ventre jaune au sommet de l'arbre. Elle regretta d'avoir fait confiance à Perry.

– Tweety, descends, murmura Cam.

L'oiseau ne bougeait pas. Cam se sentit soudain pousser des ailes et, oubliant qu'elle avait le vertige, entreprit de grimper à l'arbre.

– Viens, imbécile, reprit-elle quand elle arriva près de lui. Les rues du New Jersey sont trop dangereuses pour toi. Reviens, Tweety.

Elle sifflota. Il finit par se poser sur ses doigts. Son pied glissa de la branche sur laquelle elle était perchée et elle parvint à se raccrocher par les aisselles à une autre branche, suspendue au-dessus du vide.

Une porte claqua. Un curé chauve vêtu d'un peignoir surgit et rajusta ses lunettes tout en fonçant vers l'érable.

– Descendez immédiatement ! rugit-il. Vous ne pouvez pas rester dans cet arbre.

Tweety regarda Cam droit dans les yeux. Il battit des ailes sans s'envoler, comme s'il regrettait de ne pas pouvoir emmener Cam avec lui. Puis il s'éleva dans les airs sous le clair de lune, en direction des gratte-ciel illuminés de Manhattan.

– Salaud ! éructa Cam, la tête baissée vers le curé. Tu as fait fuir mon piaf !

Et elle se mit à sangloter sans pouvoir s'arrêter.

* * *

Le curé, le père John, avait été sympa avec elle. Il l'avait convaincue de descendre de l'érable et l'avait raccompagnée chez elle en lui disant qu'il prierait pour le retour de Tweety.

– Cam, fit Perry en descendant l'escalier qui menait au salon.

Cam jeta un bref coup d'œil sur la cage vide de son oiseau.

– Laisse-moi tranquille, Perry, répondit Cam d'un ton menaçant.

Elle se tourna vers sa grand-mère et ajouta :

– Parmi tes trois causes perdues, j'ignore laquelle est la plus perdue des trois : réformer l'Église catholique, guérir un cancer avancé ou retrouver un canari en liberté à Hoboken.

Puis elle se laissa tomber sur une chaise couverte de torchons.

– Tu as pris une feuille d'érable, au moins ? questionna Rose.

– Tiens, répondit Cam en révélant une feuille verte et chiffonnée au creux de sa paume.

En la défroissant, Cam vit que les nervures correspondaient aux lignes de sa main.

* * *

Dire adieu à leur grand-mère était toujours difficile. Car, pour éviter de pleurer pendant dix jours, Rose devait faire semblant d'être fâchée avec elles.

Cam et Perry attendaient à la table du petit-déjeuner. Leur mère chargeait la voiture et le départ était prévu dans dix minutes. Elles avaient prolongé leur visite à Hoboken de trois jours, durant lesquels elles avaient cherché Tweety sans succès. Rose referma la porte du réfrigérateur d'un geste brusque.

– Qui a terminé le sirop ? demanda-t-elle.

– Ca… commença Perry.

Cam lui lança un regard noir. Et, comme Perry se sentait coupable d'avoir laissé partir le canari, elle bredouilla :

– C'est moi, mamie. Désolée.

Puis elle baissa la tête pour éviter le coup de torchon de sa grand-mère. D'un air indigné, sans les regarder, Rose déclara :

– Vous avez dévalisé ma cuisine. Je vais devoir me contenter de ce petit verre de jus de pamplemousse puisque c'est tout ce que vous avez daigné me laisser.

– À la tienne ! dit Cam en cognant son verre contre celui de Rose, qui l'ignora.

– Où est votre mère ? s'enquit-elle. Vous ne pouvez pas aller l'aider, bande de feignasses ?

– Elle aime charger la voiture seule, répliqua Perry, qui selon Cam aurait mieux fait de la boucler.

– Et lui donner un coup de main pour ranger vos valises dans le coffre, c'est trop vous demander ? Après tout ce qu'elle a fait pour vous, c'est comme ça que vous la remerciez ? Ingrates ! N'ayez pas d'enfants, parce que c'est comme ça qu'ils vous traiteront !

– Attends, mamie, insista lourdement Perry. C'est vrai qu'elle aime charger la voiture seule.

Perry avait raison. Alicia devenait obsessionnelle quand il s'agissait de rangement. Elle voulait que ce soit fait de la façon la plus efficace possible et ne supportait aucun conseil. Mais ce n'était pas le problème. Quand leur grand-mère s'énervait, il valait mieux se mettre à l'abri.

Cam observa Rose avaler une gorgée de jus de pamplemousse et plisser les yeux en fixant Perry. Elle n'eut pas le temps de prévenir sa sœur. Le contenu du verre éclaboussa la figure de Perry. Bouche bée, sa frange dégoulinant de jus de fruit, Perry se mit à chouiner. Mais elle avait l'air tellement ridicule que Cam pouffa et finit par la faire rire aussi. En tendant une serviette en papier à sa sœur, elle fit remonter la manche de son sweat. Les yeux rivés sur l'avant-bras de Cam, où des taches violettes formaient maintenant des cloques, Rose demanda :

– Qu'est-ce que c'est ?

Cam glissa son pouce dans le trou qu'elle avait fabriqué en bas de la manche pour cacher les marques.

– Quoi ? répondit-elle.

– Tu sais très bien de quoi je parle.

– Ce sont des piqûres d'insecte.

– On n'a pas ce genre d'insecte à Hoboken.

– Tu n'es jamais montée dans l'arbre magique.

– Campbell. Tu devrais le montrer à un médecin.

Cam haussa les épaules.

– Allons-y, dit-elle. Maman doit avoir fini.

Elles descendirent toutes les trois l'escalier étroit qui menait au vestibule.

– Miracle numéro trois, déclara Perry. Mamie nous raccompagne à la porte.

– Oui, qu'est-ce qui t'arrive ? dit Cam. D'habitude, tu vas t'enfermer dans ta chambre après nous avoir insultées.

– C'est simplement pour m'assurer que vous partez, rétorqua Rose.

Dehors, il faisait un temps splendide. Rue Church, leur horrible remorque occupait plusieurs places de parking. Du revers de la main, Alicia s'essuya le front d'un air satisfait.

– En route, dit-elle. Au revoir, maman.

Elle étreignit sa mère. Puis ce fut le tour de Perry. Rose lui présenta ses excuses pour le jus de fruit. Quand Cam serra sa grand-mère dans ses bras, elle ravala ses larmes.

– Ne t'en fais pas, mamie, ça va aller.

– Oui, je te crois, ma fille. Allez, file. Mes dix jours de chagrin m'attendent.

CHAPITRE DIX

Elles étaient de nouveau sur la route et Cam pensait à Lily. Elle regrettait de lui avoir dit que Ryan se servait d'elle. Et elle aurait bien voulu retirer le mot « désespérée ».

À chaque sortie, on pouvait lire des enseignes de différents services de restauration rapide. Cam n'avait pas faim. Elle avait un goût métallique dans la bouche et une douleur rayonnait à travers sa nuque. Le trajet – une succession de montées et de descentes – lui donnait la nausée. De son côté, les écouteurs de son portable sur les oreilles, Perry dodelinait la tête en chantonnant.

– Ça doit être là, dit Alicia depuis le siège du conducteur.

Il faisait encore jour, mais un réverbère éclairait déjà le panneau de la sortie 33, sur lequel on pouvait voir le logo rose et orange du restaurant *Dunkin' Donuts.* La sortie 33 ne proposait aucun autre service : ni pompe à essence, ni hôtel, rien. Simplement le *Dunkin' Donuts.* Cam distingua un chemin qui menait directement à celui-ci. Bâtiment de brique blanche juché au sommet de la colline, l'édifice était petit mais couronné d'une gigantesque enseigne lumineuse.

– C'est un miracle ! s'exclama Perry en s'emparant de son carnet.

Quand elles arrivèrent à l'aire de stationnement non pavée du restaurant, Perry leur rappela qu'il fallait commander depuis l'interphone. Alicia dirigea Cumulus vers un appareil rouillé qui semblait avoir été endommagé par la batte de base-ball d'un voyou. Le haut-parleur grésilla.

– Oui ? questionna la voix lasse d'une femme.

– Trois laits chocolatés, dit Alicia. Et trois… *woopies.*

– Quel nom débile, commenta Cam en riant.

– C'est vrai, reconnut Alicia en gloussant.

Une grosse serveuse aux cheveux noirs et gras réunis en chignon leur apporta leur commande d'un air offensé. Elle avait dû les entendre rire.

– Merci, déclara Alicia. Excusez-nous, c'est la fatigue.

Avant de repartir, elles croquèrent ensemble dans leur gâteau à la crème de marshmallow.

– Nous sommes dans le Maine, annonça Alicia.

Elles trinquèrent avec leurs gobelets en carton. Soudain, un coup de vent fit osciller la voiture et, soufflant à travers la végétation, révéla un sentier.

– Ça doit être par là, dit Alicia.

Elle recula vers les poubelles de l'édifice et s'engagea dans le sentier qui descendait. Après cinq cents mètres, le long de la baie de Penobscot, les arbres cédèrent la place à une crique magnifique et cachée. Pour la première fois, Cam eut l'impression de découvrir un endroit réellement authentique et sans prétention. Des cabanes de bois gris cernaient un port. Plus haut, les habitations étaient en brique. La rue principale de la ville abritait une caserne de pompiers devant laquelle un dalmatien bondissait, ainsi qu'une quincaillerie et un ancien moulin transformé en galerie d'art. Sa roue à aubes fonctionnait encore, distrayant des enfants mangeant des glaces derrière une barrière. Au bout de la rue, le clocher blanc d'une église pointait vers le ciel. Cam baissa sa vitre. Le son lointain des bouées à cloches s'harmonisait avec celui des vagues et du cri des mouettes. La brume adoucissait la lumière du soleil couchant et l'air n'était ni trop chaud, ni trop sec, ni trop humide. C'était aussi agréable que la sensation de draps propres et frais.

– Je te pardonne, dit-elle à Perry.

– Je me sentirai mieux quand tu seras de bonne humeur.

– Tu risques d'attendre longtemps.

– On devrait peut-être se débarrasser de cette cage, suggéra Perry.

Elles regardèrent la cage, toujours attachée par une ceinture de sécurité sur la banquette arrière. La balançoire de Tweety bougeait toute seule tandis que la voiture roulait.

– Non, je veux la garder, décréta Cam.

– Nous cherchons un hôtel, les filles, intervint Alicia. Ouvrez l'œil, s'il vous plaît.

Elles dépassèrent une librairie, un café, une poste et un restaurant baptisé *Le Casier à homards*. Dès qu'elles quittaient la rue principale, elles avaient du mal à la retrouver. Et, quand elles parvenaient enfin à la regagner, tout y paraissait légèrement différent. La librairie semblait s'être métamorphosée en pub dont l'enseigne représentant une chope de bière dorée se balançait au vent. Ou bien la librairie s'était changée en poste, le coiffeur en poissonnerie.

Lors de leur troisième passage, Cam repéra une agence immobilière fermée. Elles tentèrent de rejoindre le sentier qui les avait conduites à Promise, mais celui-ci avait disparu. Il n'existait donc aucun endroit où elles auraient pu loger et elles ne savaient pas comment sortir de la ville.

Alicia commença à transpirer. Avachie sur le volant, elle continuait à rouler tout en faisant claquer son chewing-gum. Cam savait qu'elle était en train de regretter de les avoir amenées là. Cela lui rappelait la fois où Alicia avait dépensé toutes ses économies pour leur faire découvrir l'île de Sanibel et qu'il avait plu durant tout le séjour.

Cam pouvait sentir les émotions de sa mère, son désarroi, comme si un cordon ombilical émotionnel et tortueux les reliait encore l'une à l'autre, et elle détestait ça. Pendant ce temps-là, avec insouciance, Perry terminait son gâteau à la crème. Cam n'aimait pas être l'aînée.

– On va trouver une solution, maman, dit Cam. Ne t'en fais pas.

– Merci, ma chérie. On pourrait peut-être s'arrêter au *Casier à homards* ?

C'était le seul bâtiment qui ne changeait pas d'apparence. Le restaurant, une maison grise sur pilotis pourvue d'un ponton, présentait des homards en plastique piégés à l'intérieur d'un filet et cloués avec cruauté sur le mur extérieur. Le toit rouge était surmonté d'une girouette en bronze ayant la forme du crustacé. À l'intérieur, des nappes à carreaux blancs et rouges recouvraient des tables de pique-nique.

La porte se referma derrière elles, faisant tinter les clochettes d'une lanière de cuir reliée à la poignée.

– On va fermer, annonça un beau garçon baraqué.

Les pointes dorées de ses boucles châtains semblaient avoir cherché à pousser en s'orientant vers le soleil.

– Je m'appelle Asher, reprit-il. Vous venez d'arriver à Promise ?

– Comment avez-vous deviné ? questionna Cam. À cause de la remorque ?

Asher la dévisagea d'un air perplexe. Elle avait essayé d'être drôle, c'était raté.

– Oui, bredouilla Cam en rougissant. Nous venons d'arriver et nous avons loué un camion pour pouvoir transporter toutes les affaires de notre ancienne maison jusqu'ici.

Asher sourit. Il devait la prendre pour une attardée, car il avait l'air d'avoir pitié d'elle. Il lui tendit la main et dit :

– Bienvenue chez nous.

– Merci, répondit Cam. J'aimerais adopter un homard.

Les voir entassés les uns sur les autres dans l'aquarium du restaurant lui donnait envie d'en sauver un.

Asher souleva sa casquette rouge et se gratta la tête. Il portait un sweat gris avec trois trous au niveau du coude. Ça plaisait à Cam. Les hommes trop soignés la rendaient méfiante. Il avait également un tablier de cuir, des bandes autour des poignets et des chaussures de chantier. Selon Cam, attraper des homards devait être un boulot aussi dur que ferrer des chevaux. Ou lutter avec un alligator.

– D'accord, répondit-il avec un sourire. On les vend dix dollars la livre.

– Nous avons fait un long voyage, intervint Alicia. C'est vraiment trop tard pour dîner ?

– Je vais voir ce que je peux faire, lança-t-il avant de disparaître dans la cuisine.

Après un instant, Cam entendit un fracas de casseroles. Asher resurgit.

– Installez-vous.

Il leur apporta des menus souples et plastifiés. Un nouveau vacarme métallique retentit.

– Vous êtes sûr ? demanda Alicia.

– Ça va lui passer, assura Asher.

Il nota leur commande et retourna voir le chef.

Elles se trouvaient à Promise depuis une heure et le soleil n'était toujours pas couché. Derrière le phare dressé sur un îlot situé à quatre mètres de la baie, des bandes orange et violettes se détachaient sur le ciel. Mouettes et pélicans plongeaient dans l'océan ou s'acharnaient sur les rochers noirs tapissés de moules.

Lorsqu'elles eurent fini de manger les piles de coquillages frits servis dans des bateaux en papier, Cam demanda :

– Cela n'étonne personne que le coucher du soleil dure aussi longtemps ?

Elle songea à des mots comme « vespéral » et « crépusculaire », qu'elle n'employait jamais à l'oral. Puis elle remarqua la couleur pâle de l'étoile du berger, qui commençait à se matérialiser au-dessus du phare. Elle n'était pas du genre à faire un vœu, mais elle en fit un. *J'aimerais que Lily m'appelle*, dit-elle à l'étoile. Vivre la fin de sa maladie sans son amie lui paraissait inimaginable.

– C'est un miracle ! s'écria Perry, avant de sortir son carnet.

Alicia avait terminé ses palourdes frites et bavardait au téléphone avec Izanagi.

– Tout va bien. Il n'y a aucun problème. Tiens, dis bonjour aux filles.

Elle tendit son portable à Cam, qui lui tira la langue tout en balayant l'air d'un geste de la main, imitant le geste de Lily.

– Cam ! insista sa mère.

Cam saisit l'appareil et émit des bruits bizarres.

– Je crois qu'on va tomber en panne, dit-elle. Je te passe Perry.

– Cam, soupira Alicia.

Avec entrain, Perry confia à Izanagi tous les moments forts de leur voyage. Après son long récit, il ne faisait toujours pas nuit. Asher déposa sur leur table un homard vivant enfermé dans une boîte.

– On va le mettre où ? demanda Alicia à Cam. On ne sait même pas où on va dormir, ce soir.

– Vous n'êtes pas obligée de le prendre, dit Asher.

– Je suis désolée, déclara Alicia. Nous venons de Floride. J'ai essayé d'appeler l'hôtel de Promise plusieurs fois, personne n'a jamais répondu.

– Ils sont en train de le rénover, expliqua Asher.

– Ils auraient pu le préciser sur leur messagerie. Il n'y a pas de messagerie dans le Maine ?

– Si, répliqua Asher.

Soudain, un vacarme provenant de la cuisine sembla leur signifier qu'il était temps de partir.

– Ne faites pas attention à lui, dit Asher. Écoutez, si vous voulez, vous pouvez dormir chez moi.

– Vraiment ? fit Alicia.

Cam se figurait déjà des futons sales et sans draps dans une chambre empestant la bière.

– Maman ! protesta-t-elle. Inconnu-danger.

Durant quelques années, Cam et Perry avaient été obligées de se débrouiller seules quand leur mère travaillait le soir et n'avait pas les moyens d'engager une baby-sitter. Alicia leur avait montré des vidéos terrifiantes sur ce qui pouvait arriver aux enfants trop confiants et les avait même inscrites au cours « Inconnu-danger » pour leur apprendre à se protéger. Le cours avait tellement terrorisé Perry qu'à l'âge de six ans elle refusait d'adresser la parole à quiconque ne faisait pas partie de sa famille.

– Ce n'est pas un inconnu, répondit Alicia. C'est Asher.

– Maman, il est simplement gentil et il essaie de nous faire partir d'ici afin de ne pas se faire virer. Il n'a pas vraiment envie de nous héberger.

– Vous n'habiteriez pas avec moi, clarifia Asher. Je loge dans une dépendance de la maison de mon grand-père, un ancien garage à calèches. La maison ne sera pas occupée cet été, j'y fais quelques travaux. Vous pouvez vous y installer si mon bricolage ne vous gêne pas.

Cam se tourna vers sa mère.

– On est venues ici pour un homard. Pas pour la maison de ce garçon.

Une casserole tomba bruyamment au sol et on entendit crier : « Merde ! »

– Il faut sortir d'ici avant que Smitty nous chasse avec le tuyau d'arrosage, prévint Asher. Il l'a déjà fait, une fois. Alors, qu'est-ce que vous décidez ?

Alicia posa sa main sur l'épaule de Cam et, pour lui signifier de se taire, la lui broya presque.

– Merci, dit-elle. Cela nous arrangerait vraiment.

* * *

– Vous vous rendez compte que c'est peut-être un tueur en série ? demanda Cam à l'intérieur de Cumulus.

– Il est trop mignon pour en être un, rétorqua Perry.

– Détends-toi, Cam, dit Alicia. On est venues ici dans l'espoir qu'un miracle se produise. C'est peut-être le premier.

– D'après mes calculs, c'est le dix-septième, déclara Perry, en consignant dans son carnet : « Un beau garçon nous offre un logement gratuit. »

Cam roula des yeux.

– Je t'en prie. Qu'on nous propose une maison abandonnée n'est pas un miracle.

Bien entendu, Asher conduisait une Jeep, et elles le suivirent jusqu'au sommet d'une colline escarpée. Asher se gara près d'une maison blanche et carrée qui se dressait comme les étages d'un gâteau d'anniversaire. Devant s'étendait une vaste pelouse en pente et le lieu offrait une vue magnifique sur l'océan. Une véranda cernait entièrement le rez-de-chaussée. Un heurtoir en bronze représentant une libellule décorait la porte d'entrée peinte en noir. Sur la boîte aux lettres, on pouvait lire l'inscription *Avalon en bord de mer.*

Bouche bée, elles contemplaient toutes trois la demeure, laquelle était encore plus grande que celle de Lily.

– Incroyable, marmonna Cam.

– Allez vous installer ! lança Asher par la vitre de sa Jeep. Je passerai vous voir plus tard.

Il s'éloigna en direction d'une dépendance située plus bas.

En descendant du véhicule, même Cam se sentait euphorique. Elles retirèrent leurs chaussures et sentirent la fraîcheur de l'herbe sous leurs pieds. Alicia alluma la radio et laissa les portes de Cumulus ouvertes. Ensemble, elles se mirent à danser la hula – créée à l'origine pour remercier la déesse des volcans – au son d'une chanson de Pink.

– C'est mieux, Perry ! cria Alicia tout en dansant. Commence par le bras droit, Cam !

Bien sûr, Cam savait cela. Elle avait appris à danser la hula à l'âge de trois ans. Mais elle tentait de cacher ses taches violettes. À sa surprise, en regardant son avant-bras à la lumière du soleil couchant perpétuel, Cam s'aperçut que les deux plus grosses avaient disparu. Elle attribua cela à l'air salin, qui lui permettait d'ailleurs de mieux respirer.

À la fin de la chanson, Cam se sentit fatiguée. Elle voulait aller mettre son homard dans une baignoire. Tandis qu'Alicia et Perry continuaient à danser, sa boîte sous le bras, elle gravit les marches de l'entrée. Alors qu'elle s'apprêtait à s'essuyer les pieds sur le paillasson, elle baissa les yeux et se figea. Puis elle s'assit et cria :

– Maman ! Maman ! Perry ! Vite ! Venez !

Perry et Alicia piquèrent un sprint.

– Qu'est-ce qu'il y a ? s'enquit Alicia essoufflée. Ça va ?

Du doigt, Cam désigna le paillasson. D'un air innocent, Tweety la regardait.

CHAPITRE ONZE

– T'appelles ça des amies, Tweety ? demanda Cam.

Installée au comptoir de la cuisine, sa mère découpait des petits morceaux de papaye qu'elle donnait ensuite au canari. Depuis une semaine, persuadées que sa présence était un signe miraculeux, Alicia et Perry ne cessaient de le choyer. Alors qu'en Floride elles ne lui prêtaient aucune attention. Elles ne l'appelaient même pas par son nom, c'était toujours « ce piaf ».

Cam plongea une cuillère dans un pot de beurre de cacahuètes. Elles occupaient de plus en plus d'espace dans la maison. Au début, elles avaient essayé de rester discrètes, de ne pas laisser de traces de leur présence sur les lieux. Mais Asher, qui passait chaque jour sous prétexte d'une réparation à effectuer, leur avait assuré que personne n'allait revenir. Et, peu à peu, elles avaient donc fini par prendre leurs aises, laissant une assiette ou deux dans l'évier, des affaires dans plusieurs pièces.

– Et cette cage de maquereau, c'était vraiment nécessaire ? reprit Cam.

Alicia lui avait acheté une cage noire à zébrures blanches, garnie d'un canapé mauve et d'un tapis orange de la taille d'un protège-slip.

– L'autre lui convenait très bien, maugréa Cam.

Sa mère tendit un nouveau morceau de papaye à Tweety.

– J'ai vécu vingt-deux ans dans le New Jersey et, même là-bas, je n'ai jamais vu de papaye. Qu'on puisse en trouver ici est un miracle.

– Trouver un fruit chez un marchand de fruits et légumes n'est pas un miracle, argua Cam tout en essayant d'ouvrir la porte d'un placard qui semblait scellée par une couche de peinture.

L'intérieur de la maison avait besoin d'une touche féminine. Aucune femme ne tolérerait les lampes fabriquées avec des ancres, l'odeur de laine humide, les couvre-lits écossais, la carte des étoiles accrochée au mur près d'un trophée en forme de poisson laqué côtoyant des bois de cerf.

– C'est un miracle dans le Maine, répliqua Alicia. Pas vrai, mon Tweety ?

Elle approcha ses lèvres du bec de l'oiseau.

– Donne-moi ça, s'énerva Cam. Je t'interdis de le nourrir. Tu vas le déboussoler avec ton affection intéressée.

– Tweety est un miracle, Campbell.

Selon Cam, qu'il les ait retrouvées n'était pas un miracle. Les animaux égarés parvenaient souvent à retrouver leur domicile. C'était un instinct. L'instinct du retour à l'habitat d'origine. N'avaient-elles jamais entendu parler de ça ? Bien sûr, le Maine n'était pas la Floride, mais c'était quand même un instinct. Une réaction migratoire.

Cam offrit un bout de papaye à Tweety, et il détourna la tête.

– Toi aussi, tu y crois ? déclara-t-elle à l'oiseau. Mon Dieu !

Elle l'abandonna à sa nouvelle amie et se dirigea vers sa chambre en empruntant l'escalier en colimaçon.

– Campbell, pourquoi tu ne restes pas avec nous ? lança sa mère. Tu passes ton temps à t'isoler. Qu'est-ce que tu fabriques là-haut ?

– J'ai besoin d'être seule, répondit Cam.

* * *

Les anciennes maisons du Maine possédaient une terrasse sur le toit, construite à l'origine pour les femmes de marins. La terrasse de celle-ci était en plus coiffée d'un belvédère vitré depuis lequel on pouvait observer l'océan durant des heures, à l'abri des éléments. Cam en avait fait sa chambre. Elle adorait s'y trouver, être suspendue entre les nuages et la mer, entre la vie et la mort, à l'écart de tout ce qui était proche de la réalité.

Elle avait réussi à y caser un matelas, une petite chaise en bois sur laquelle reposait son ordinateur portable, et une valise en peau de crocodile. Héritée de sa grand-mère, la valise avait encore des autocollants datant de l'époque où ses grands-parents étaient partis en croisière. L'un d'eux portait l'inscription *Lisbonne*, l'autre, *Barcelone*. Cam était en train de fourrager dedans à la recherche d'un vêtement chaud. S'habiller chaudement était un concept qui lui était totalement étranger. À présent, elle comprenait pourquoi les gens osaient porter ces manteaux informes mais pratiques de Patagonie. Elle aurait donné n'importe quoi contre une veste en peau de mouton. Elle rêvait même d'un pull à col roulé. Elle étala ses possessions : un foulard noir et un blouson de moto en similicuir. Puis elle s'empara d'une pochette en soie jaune, espérant y trouver une paire de chaussettes de laine. À la place, elle y dénicha la feuille d'érable du New Jersey et sa Liste Flamant Rose. En examinant cette dernière, Cam se demanda à quoi elle avait songé en écrivant « Perdre ma virginité pendant une fête de lycéens bien arrosée ». Elle se figura un fan de sport refermant sournoisement la porte de la chambre de ses parents tandis qu'une musique assourdissante provenait du salon. Mais ce n'était pas ce qu'elle avait souhaité. Elle avait imaginé le faire sous une pile de vestes, avec un copain comme Jackson, qui ne prendrait pas la chose trop au sérieux et ne l'ignorerait pas une fois le dépucelage accompli. Un souvenir qui les ferait sourire durant le cours de maths.

Cela l'effrayait un peu, mais l'idée de se débarrasser de ça et d'avancer lui paraissait respectable. Les gens ne se mariaient pas à dix-sept ans et n'attendaient pas d'avoir trente ans pour faire l'amour. Au lieu de tergiverser pendant des années à propos de « où », « quand » et « avec qui », le mieux était peut-être de le faire vite, comme lorsqu'on retire un pansement.

Elle contempla de nouveau sa liste et s'arrêta sur « Passer un moment gênant avec le petit copain de ma meilleure amie ». En l'écrivant, elle avait pensé à un baiser. Pas à l'échange indiscret qu'elle avait eu avec Ryan lors du pique-nique. Cam décida que ça comptait quand même et biffa la phrase. Il y avait également un autre vœu qu'elle pouvait accomplir facilement, « Épier quelqu'un à son insu ». Un télescope trônait sur sa terrasse. Cam ouvrit la porte de verre du belvédère et sortit. Elle pouvait entendre les bruits du Maine, lesquels, à son grand dam, incluaient les cris de joie de sa petite sœur et de sa nouvelle bande d'amies. Les filles jouaient sur une plage publique située à moins d'un kilomètre de la maison, et leurs voix stridentes parvenaient à couvrir le son des vagues, du vent, d'un camion roulant vers la rue principale de Promise. Par l'objectif du télescope, Cam les vit crapahuter parmi les rochers, tel un groupe d'insectes colorés s'amusant à dérober et cacher les jumelles du maître nageur.

Naturellement, il avait fallu à Perry moins d'une semaine pour se hisser au rang de chef et diriger sa petite armée de gamines gloussantes. Elle avait organisé des soirées karaoké dans le sous-sol de la maison, chantant faux des heures durant sans se soucier du pauvre Tweety.

Cam orienta le télescope vers la pelouse de la propriété. Vêtues de robes longues hawaïennes, les élèves d'Alicia, des retraitées avec du poil au menton, franchissaient la porte d'entrée pour assister à leur cours de danse hula. Chacune d'elles transportait un goûter emballé d'aluminium. Cam se concentra sur la plus joyeuse, une femme brune dont les yeux se fermaient quand elle souriait. Cette dernière laissa échapper un rire sonore qui retentit jusqu'au toit. « Ça fait longtemps que je n'ai pas ri », se dit Cam.

Quand la dernière élève fut entrée dans la maison, Cam hésita un instant. Elle voulait regagner sa chambre, mais elle n'y parvenait pas. À travers l'objectif, elle balaya du regard la devanture des commerces de la ville à la recherche d'Asher.

Elle le trouva assis sur un banc de bois devant son restaurant. Il faisait une pause et buvait un milk-shake à la vanille. Il avait posé son ballon de football sous le banc et lisait un livre. Cam ne parvenait pas à en déchiffrer le titre. « Sportif et intello », songea-t-elle. En secret, elle adorait la façon dont ses chevilles, couvertes de poils blonds, disparaissaient à l'intérieur de ses chaussures aux lacets constamment dénoués. Elle inspecta son visage. Il avait un grain de beauté près de l'œil droit et une cicatrice au centre du front. C'était son unique imperfection.

Peut-être qu'elle le croiserait, un jour, à une fête. Il semblait suffisamment gentil pour l'aider à exaucer le premier vœu de sa liste.

– Ah, fit soudain Cam. Du nouveau…

Une blonde avec de longues jambes de poupée Barbie et un short blanc s'assit à côté de lui et passa la main dans sa chevelure brillante. Elle pouffa et lui toucha la main. Elle rit et lui saisit l'épaule, puis le genou. Selon *Cosmo*, si elle se passe la main dans les cheveux et vous touche un peu trop, cela signifie qu'elle vous désire. Et pourtant, Asher, un garçon de dix-huit ans apparemment en bonne santé, restait indifférent à ses charmes. Il ne se montra pas désagréable. Il se contenta de répondre poliment aux questions qu'elle lui posait jusqu'à ce qu'elle se lève et s'éloigne sans s'apercevoir que la poussière du banc avait laissé une grosse tache sur son short.

Asher reprit sa lecture et Cam parvint à voir qu'il lisait *Portrait de l'artiste en jeune homme*. Il avala une gorgée de sa boisson, retira la paille de sa bouche, regarda en direction du télescope et cligna de l'œil. Puis il agita la main.

Cam chancela et atterrit sur les lattes de bois de la terrasse. Une écharde se logea dans son petit doigt, mais elle était trop mortifiée pour sentir quoi que ce soit. Est-ce qu'il l'avait vraiment aperçue ?

Si sa mère trouvait qu'elle s'isolait, elle n'avait encore rien vu. Cam ne sortirait plus jamais de sa chambre.

CHAPITRE DOUZE

Homère avait besoin qu'on renouvelle son eau de mer. Le homard de Cam vivait seul dans le sous-sol de la maison, où elle avait trouvé un grand aquarium encastré à l'intérieur d'un mur de briques. Cam y avait déposé du sable et des pierres, du corail et des algues en plastique, ainsi qu'une grande éponge pour lui offrir une cachette.

Elle cogna contre la vitre et Homère grimpa pour venir la saluer. Puis il se mit à nager en effectuant des huit qui ressemblaient davantage à des figures de patinage artistique qu'à des mouvements de crustacé. Elle ignorait si c'était pour manifester sa joie ou parce qu'il essayait de s'échapper.

Dans ses recherches sur les homards d'Amérique, Cam avait appris que leur nom scientifique était *Homarus americanus*. Certains pensaient même que les homards, comme les Samoans, avaient été cannibales. Ils souffraient d'une mauvaise réputation parce que des morceaux de carapace de homard avaient été retrouvés dans l'estomac de l'un d'eux. Mais ils ne s'entre-dévoraient pas. Ils mangeaient simplement des morceaux de leur propre carapace afin d'avoir suffisamment de calcium pour en produire une nouvelle. C'était du génie nutritionnel, pas du cannibalisme. C'étaient des créatures incomprises, et Cam s'était tout de suite identifiée à Homère.

Elle saisit le seau jaune rempli d'eau de mer et essaya d'ouvrir la porte vitrée du sous-sol. Celle-ci ne bougeait pas. Elle fit une nouvelle tentative, et cette fois la porte pivota en crissant sur la rouille et les pierres, révélant Asher de l'autre côté.

– Pardon, dit-il. Je ne voulais pas te faire peur. Ces gonds ont besoin d'être graissés.

Ses prunelles marron étaient piquetées de points dorés, son nez petit, rond et triangulaire.

– Comment tu t'y prends ? questionna Cam.

– Avec un produit lubrifiant. Ce n'est pas compliqué.

– Non, je veux dire, comment se fait-il que tu surgisses toujours dans des moments où j'ai besoin d'aide, comme un chevalier volant au secours d'une demoiselle en détresse ?

Asher haussa les épaules et fourra les mains dans ses poches, dévoilant son ventre plat entre son tee-shirt trop court et le haut de son caleçon. Cam avait envie d'y laisser courir son doigt, ce qui ne lui ressemblait pas du tout. Elle était réaliste. Asher ne voudrait jamais d'une fille comme elle. C'était la star du football de la ville, après tout. Le long de la route, Cam avait vu les panneaux qui remerciaient les équipes gagnantes régionales. Un comté entier glorifiant un jeu de petit garçon. Les filles n'étaient jamais célébrées de cette manière. Comme des demi-dieux. D'abord, on a envoyé les femmes à l'église pour leur apprendre à vénérer un Dieu masculin, ensuite, on a fait des hommes des petits dieux pour que les femmes puissent les vénérer ici-bas.

– Tu veux un coup de main ? demanda Asher en désignant le seau.

– Non, ça va, répondit Cam.

En rougissant, elle détourna les yeux du ventre d'Asher.

Asher retourna chez lui et Cam traversa la pelouse puis descendit le sentier escarpé qui menait à la plage privée de la maison. Les rochers sur la grève empêchaient de s'y promener pieds nus. Cam pénétra dans l'eau avec ses chaussures. La température devait être aussi froide que dans l'océan Arctique. Elle sentit ses vaisseaux sanguins se resserrer et lui faire l'effet d'un hématome. Elle n'arrivait pas à comprendre comment Perry et sa bande parvenaient à y patauger toute une journée. Cam resta un moment accroupie sur un rocher, écoutant les vagues et le fracas du ressac.

Son corps frêle lui permettait désormais de rester assise là durant des heures si elle le voulait, pareille aux grenouilles venimeuses de l'aquarium national de Baltimore qu'elle avait un jour visité. Elle n'aurait jamais pu faire ça quand elle était « ronde ».

En baissant les yeux vers un creux, Cam distingua une étoile de mer collée à un rocher. Une fenêtre s'ouvrait sur le monde entier : l'étoile de mer, des algues brunes suivant le mouvement des vagues, un escargot, des concombres de mer, du plancton, des grains de sable, des molécules de grains de sable, des atomes dans des molécules de grains de sable, des protons, des neutrons, des électrons.

L'infinité la fascinait. Comment des systèmes et des univers pouvaient devenir infiniment petits dans un sens et infiniment grands dans un autre. Comment la forme d'un atome imitait avec autant de précision la forme du Système solaire. Comment rien n'avait de fin. Hormis sa propre vie. Qui allait bientôt se terminer pendant que tout le reste allait continuer à tourner autour d'elle. Cela lui donnait le vertige d'y penser, et elle faillit tomber.

– C'est dingue le fait que rien ne s'arrête, non ? lança Asher.

Il se tenait à quatre mètres d'elle, là où la falaise formait une ligne perpendiculaire avec la plage.

– J'ai l'impression que tu me surveilles, répliqua Cam. Il faut que tu arrêtes.

– Chut ! coupa-t-il. Regarde.

Il tendit le bras et elle vit qu'il portait le bracelet jaune d'une fondation qui luttait contre le cancer. « Pourvu que ne soit pas inscrit *Jésus* dessus », songea-t-elle. Sur son poignet, elle déchiffra le mot L-I-B-E-R-T-É. Se tournant vers l'océan, elle regarda ce qu'Asher lui montrait. À quelques mètres de la baie, une mère et son bébé orque jaillissaient hors de l'eau.

– Par Batman ! murmura Cam.

Le reste de la baie poursuivait ses activités quotidiennes. Un bateau de pêcheurs revenait à quai. Quelques barques s'agitaient sur l'eau, retenues par leur ancre. Une mouette se tenait immobile sur une pile de branchages. Et le soleil commençait à se coucher éternellement derrière le phare. Personne ne semblait prêter attention aux deux orques qui venaient d'effectuer un numéro valant pourtant très cher à Orlando.

– Regarde bien, elles vont recommencer, dit Asher.

– Comment tu le sais ?

– Elles le font tous les soirs. Les animaux ont des habitudes.

Et les orques resurgirent, luisant comme deux chaussures en cuir dépareillées.

– Incroyable, murmura Cam.

Asher saisit un galet et le fit ricocher sept fois sur l'eau.

– Ici, le soleil se lève et se couche au même endroit, déclara-t-il.

Les filles devaient probablement se jeter à ses pieds, et pourtant il paraissait seul et pensif.

– Derrière le phare d'Archibald, ajouta-t-il.

– C'est impossible, répondit Cam.

Et pourtant, cela semblait vrai. Chaque jour, elle pouvait contempler le lever et le coucher du soleil depuis la même fenêtre.

– C'est probablement lié à la pollution, déclara Cam. Ma grand-mère affirme que les couchers de soleil du New Jersey sont provoqués par les émanations des décharges. C'est sûrement pareil ici. On a l'impression que le soleil se couche, mais c'est simplement un surplus de méthane produit par toutes les vaches du Vermont.

– Ça ferait beaucoup de méthane, répondit Asher en faisant ricocher une nouvelle pierre.

– Les vaches mangent beaucoup d'herbe, précisa Cam. Elles font un trou dans l'ozone.

– Donc, selon toi, notre coucher de soleil n'est qu'un gros pet de vache ?

– Exactement.

– C'est présomptueux de ta part.

– Il y a une explication à tout.

– C'est vrai, reconnut Asher d'un ton mécontent.

– Je vais aller me reposer, annonça Cam en traînant son grand seau derrière elle.

Épuisée, elle avait froid et hâte de regagner le belvédère, où elle projetait de regarder les films qu'elle avait demandé à Perry de lui rapporter de la médiathèque. Un jour, elle emmènerait peut-être Asher en expédition pour lui montrer où le soleil se couchait vraiment. Dans la forêt située derrière la maison. À l'ouest.

* * *

À l'intérieur de son dôme vitré, les roses et les violets du couchant se diluaient comme sur une aquarelle. Cam enfila tous ses vêtements à manches longues et mit deux paires de chaussettes. Elle choisit *Comportements troublants*, un classique avec Katie Holmes à propos d'une clique d'adolescents parfaits qui sont en fait des zombies extraterrestres monstrueux. Tandis qu'elle regardait le film, la voix de Perry retentit :

– Cam !

On pouvait entendre son pas lourd dans l'escalier. « Pauvre Viking », songea Cam. Néanmoins, Perry se fichait d'être une bâtarde. Elle paraissait savoir que ce n'était pas sa faute si ses parents étaient des idiots impulsifs. Cam se demandait si le jour viendrait où Perry déciderait de partir à la recherche de son père à la peau pâle dans le sombre arrière-pays de la Norvège. Cam imagina une Perry de vingt-deux ans traversant la toundra avec des raquettes et un sac à dos. Dommage, elle ne serait plus là pour le voir.

Les joues roses de Perry surgirent dans l'escalier qui menait à la chambre. Le froid du Maine était bon pour son sang arctique.

– Cam ! Il y a une fête !

– Et ?

– Et alors, tu dois y aller, dit Perry.

– Pourquoi ?

– Pour rencontrer des gens. C'est la fête du solstice d'été. Sur l'île du phare. Il faut passer au-dessus des vagues accroché à une corde. Tout le monde y va. Il y aura un feu de bois. Tu aimes le feu.

– C'est qui « tout le monde » ?

– Asher y va.

– Et alors ?

– Campbell, je t'en supplie, insista Perry en s'asseyant sur le lit de sa sœur.

– Pourquoi veux-tu que j'y aille ?

– Parce que j'aimerais bien y aller et que je ne peux pas, donc toi, tu devrais y aller. J'en ai marre de te voir bouder ici. C'est vraiment beau dehors. Tu devrais aller te promener. On a fait toute cette route pour venir jusqu'ici.

Cam enroula une des couettes de Perry autour de son doigt.

– C'est quand, cette fête ?

– Ce soir, répondit Perry.

– Désolée. J'ai rendez-vous avec Katie Holmes et ses comportements troublants.

– Tu es nulle, Campbell. Tu n'as pas l'intention de quitter la maison ?

– Non.

– C'est bête, grommela Perry en descendant l'escalier.

Cam la vit sortir son portable et l'entendit se plaindre à une Hannah Montana.

Très bien, c'était bête. Cam avait accepté de venir dans le Maine, pas de participer à des fêtes. Elle se sentait bien dans son isolement. C'était peut-être une des étapes du processus menant à la mort.

À la fin du film, Cam entendit des voix provenant de la baie. La fête avait commencé. Elle n'allait tout de même pas rester enfermée toute la nuit. Elle irait.

À vingt-trois heures, elle se glissa en bas. Elle traversa la salle à manger sur la pointe des pieds et dépassa la cage de Tweety, qui se mit à voleter en piaillant. Il lui en voulait encore de ne pas avoir reconnu qu'il était un miracle.

– Chut, fit-elle. Tu vas attirer l'attention. Ne m'en veux pas, je suis très fière de toi. Mais je ne crois pas aux miracles.

L'oiseau émit un pépiement interrogateur.

– Parce que, lui répliqua-t-elle.

Parce qu'elle devait se préparer à l'inévitable. À ce qui lui arrivait pour de vrai. Entretenir l'espoir n'avait aucun sens.

CHAPITRE TREIZE

Le ciel prit une couleur indigo et les étoiles clignotèrent les unes après les autres, piquetant la voûte céleste d'une poussière scintillante.

Cam contourna la baie et atteignit le parc de la péninsule. Elle repéra la voiture d'Asher sur le parking et suivit le son des voix à travers un terrain de jeux désert, puis s'arrêta au bord d'une falaise. Sous elle, les vagues d'un bras de mer se déchaînaient sur les rochers des deux rivages. Le courant, prisonnier, semblait furieux, comme s'il ne savait pas par où ressortir. De l'autre côté du bras de mer se dressait le phare, comme une gigantesque bougie d'anniversaire plantée sur un gâteau en forme d'île.

– Campbell ! cria Asher, les mains en porte-voix. Je suis là ! C'est super d'être venue !

Il agitait la main depuis l'île, où il s'occupait de l'atterrissage des passagers de la corde.

– Oui, merci de m'avoir invitée, dit Cam d'un ton sarcastique, mais elle savait qu'il était trop loin pour l'entendre.

Près d'elle, à l'endroit où commençait la traversée, se tenait un garçon aux larges épaules et aux cheveux bouclés. Il portait un sweat à rayures orange et grises. Il sortait tout droit d'un catalogue de mode.

– Comment tu t'appelles ? demanda Cam.

– Royal, répondit-il.

Royal lui tendit une barre de fer en forme de guidon. La barre était attachée à une poulie fixée à un câble de nylon. Le câble était arrimé à une extrémité à une branche d'arbre de la péninsule, à l'autre à un réverbère situé en contrebas sur l'île. Un petit funiculaire était également disponible.

– Pourquoi je ne peux pas monter dedans ? cria-t-elle à Asher.

– C'est réservé au gardien du phare, rétorqua-t-il. On n'a pas le droit d'y toucher.

– Ni d'être ici, je suppose ?

– C'est plus marrant comme ça. Viens. Essaie.

– Il faut simplement se pencher en arrière et lever les pieds, expliqua Royal.

Il tenait à la main une corde reliée à la poignée de métal afin de pouvoir la récupérer pour le passager suivant. Cam adopta la posture de départ.

– Attends, dit Royal. Tu n'es pas en sûreté.

Il lui tendit un gilet de sauvetage orange.

– Ça sert à quoi ?

– C'est au cas où tu tomberais.

– Si on tombe dans ces vagues, on est mort, non ?

– Pas forcément.

– Le gilet est mouillé. Pourquoi ?

Elle se demanda si quelqu'un était déjà tombé.

– Ça va aller, assura Royal. Vraiment.

Cam se mit à transpirer à grosses gouttes. C'était étrange que son corps réagisse encore à la peur alors qu'en fait il n'avait rien à craindre de plus puisqu'elle allait mourir.

Cam se pencha, leva les pieds et décolla.

Elle entendit le vent siffler et sentit l'effroi rendre ses membres cotonneux. Asher la rattrapa. Dans ses bras, elle se sentit un instant protégée. Elle posa la main sur la sienne. Sa force et sa douceur la rassuraient.

– Asher, dit Cam. Tu as besoin d'aider les autres. C'est maladif chez toi.

Asher la déposa à terre.

– Ça t'a plu ?

– C'était pas mal, répondit Cam, dissimulant son excitation. Au fait, comment on va rentrer ?

– Parfois, on prend le funiculaire. Ou des kayaks.

Cam s'inquiéta. Durant les quelques fêtes auxquelles elle avait assisté en Floride, les garçons se contentaient de jouer à celui qui boirait le plus d'alcool et à rôder autour des filles en guettant un sein accidentellement dévoilé. Ces jeunes du Maine étaient ambitieux.

– La fête est là-bas, indiqua Asher. Guide-toi à la musique.

Cam escalada des rochers. De l'autre côté, sur la plage, autour d'un feu, un groupe de garçons assis en cercle jouaient avec différents instruments de percussion. Des filles dansaient pieds nus sur le sable. Décoré de larges rayures blanches et rouges, le phare les surplombait.

Cam chercha un baril de bière, mais n'en vit pas. Il ne semblait pas y avoir d'alcool. Elle se souvint du jour où sa mère avait lu sur un blog parental un avertissement à propos des jeunes filles qui se soûlaient en cachette en trempant des tampons dans de la vodka.

– Campbell, tu fais ça ? avait questionné sa mère.

– Oui, maman, je suis une éponge à vodka.

Elle n'avait pas eu l'énergie d'expliquer à sa mère que l'imagination des parents dépassait souvent celle des adolescents. Cam ne connaissait aucune fille tarée au point d'imbiber son tampon de vodka.

Elle découvrit un passage parmi les rochers et bondit sur la plage. Il faisait plus chaud près du feu. Elle se posa un instant sur une pierre, ferma les yeux et se laissa envahir par la musique. Au bout d'une minute, une main autoritaire la hissa sur ses pieds.

– Toi, tu sais danser, décréta une blonde dont les mèches grasses pendaient jusqu'à la taille.

L'ourlet de sa robe bouffante beige était sale et le tissu trempé jusqu'aux genoux. Un bracelet en macramé ornait sa cheville droite tandis qu'elle dansait comme une enfant fleur. Elle descendait peut-être de parents fleurs.

– Tu t'appelles comment ? demanda Cam.

– Quoi ?

– *¿ Como se llama ?*

– Oh. Sunny !

Et elle sourit d'un air rêveur, comme si son prénom avait sur elle un effet magique instantané. Un petit soleil était tatoué sur sa cheville gauche.

Cam s'enferma dans la musique. Dans cette bulle, il n'y avait ni cancer, ni malaise, ni douleur, ni abandon, ni Liste Flamant Rose. À l'intérieur de la musique, au cœur de ces rythmes primitifs, Cam se sentait libre.

Sunny avait l'air d'apprécier la façon dont Cam dansait. De temps à autre, elle ouvrait les yeux et braillait un encouragement.

Au bout d'un moment, les brûlures familières liées à sa maladie se manifestèrent. Elles ne l'avaient pas embêtée depuis son arrivée dans le Maine. Cam ignorait si c'était dû au cancer ou à son traitement, mais elle se sentait intoxiquée, verte, acide. Pas comme cette fille pure et bio qui tournoyait près d'elle.

Elle tapota l'épaule de Sunny.

– Est-ce qu'il y a de l'eau quelque part ? demanda-t-elle.

– Par là, répondit Sunny en la guidant vers une bonbonne orange.

Elle s'accroupit et ouvrit la bouche sous le robinet comme un oisillon.

Cam chercha des gobelets, elle n'en vit aucun.

– Consommer moins, réutiliser, recycler, déclara Sunny. Inutile de gaspiller du plastique.

Elle s'essuya la bouche du revers de la main. Cam l'imita. Après une gorgée, ses brûlures s'estompèrent lentement.

– Elle a bon goût, non ? questionna Sunny. C'est de l'eau bénite. On la vole dans les fonts baptismaux de l'église catholique. Elle a meilleur goût.

– Dieu ne doit pas être content qu'on vole son eau, reprocha Cam.

– Je ne suis pas censée savoir ce qu'Elle pense, répliqua Sunny. À sa place, ça ne me gênerait pas.

L'eau bénite rappelait à Cam le baptême improvisé par Lily. Et le fait qu'elle avait brisé leur amitié à cause de

Ryan. Si Cam avait appris une leçon, avant de mourir, c'était qu'il était parfois plus important d'être gentil que d'avoir raison. Ce soir-là, elle aurait pu s'en tenir à « Je suis contente pour toi ». Cinq mots.

– À quoi tu penses, Samoa ? s'enquit Sunny. Ton aura dorée est devenue toute noire.

– À rien, répondit Cam. Je m'appelle Campbell. Comment sais-tu que…

– Ta petite sœur et la mienne se connaissent. Elle m'a dit d'où tu étais. C'est trop cool. Je n'ai jamais rencontré une fille des îles.

– D'Aloha, précisa Cam.

– C'est ça. Campbell, tu devrais penser à des choses positives, et des choses positives t'arriveront.

Elle suivit Sunny parmi les danseuses. Royal et Asher devaient avoir terminé leur travail, car ils escaladaient les rochers pour les rejoindre.

– Et Asher ? demanda Cam. C'est quoi, son histoire ?

Sunny sourit.

– Asher n'a pas d'histoire. Ashicus a une mythologie. Et il n'est pas libre.

Elle gloussa tandis que Royal la prenait par la main. Ils s'éloignèrent et marchèrent le long du rivage en bavardant. Asher avait saisi un tambour et jouait, un large sourire aux lèvres. Les yeux fermés, Cam continua à danser. Elle agitait ses pieds dans le sable en essayant d'oublier Asher. Lily avait peut-être raison. Cam avait besoin de faire des expériences. Il était trop tard pour rencontrer l'amour, mais pas pour le faire. À ce moment-là, un inconnu glissa le bras autour de sa taille et la langue dans son oreille.

* * *

L'inconnu s'appelait Alec, avec un « c » et non un « x ». Cam conserva son sang-froid. Elle pivota vers lui et leva le nez. Il avait les yeux mi-clos. Elle laissa reposer la tête contre son torse. Il était grand et mince comme un joueur de tennis. C'en était probablement un. Même à la plage, il portait des tennis blanches. Il embrassa Cam sur le front et l'entraîna jusqu'à un petit catamaran posé sur le sable. Il avait les paumes moites. Les siennes étaient glacées de frayeur.

– Ah, fit-il, avec un accent français. Un lit.

Ils s'installèrent sur la toile noire lacée comme un corset du catamaran. Il roula et se plaça sur elle.

– Attends, protesta Cam. Avant, on devrait peut-être faire connaissance.

– Alec, répondit le Français en se désignant du doigt.

– Cam, dit Cam, et il la couvrit de nouveau de son corps, lui embrassa la gorge et passa la main sous sa chemise.

Anxieuse, Cam n'arrêtait pas de parler.

– Ce sont des baguettes de batteur que tu as dans la poche ou tu es simplement content de me voir ? questionna-t-elle. Est-ce qu'en France « non » veut dire « oui » ? Parce que, dans le Maine, « non » c'est « non ». Mais les gens sont un peu étranges, ici, et pour eux « non » veut peut-être dire…

– Alors, c'est non ?

– Non, dit Cam.

Alec l'embrassa sur la bouche, heurtant légèrement de ses dents celles de Cam. Il tenta de fourrer la main dans son slip.

– Oui ! fit Cam en tentant de s'asseoir.

– C'est agréable ? s'enquit Alec.

– Non, je veux dire oui, c'est non.

Alec la sonda du regard d'un air confiant.

– Non, tu ne dis pas non, murmura-t-il, et il l'embrassa mieux, cette fois, enroulant sa langue autour de celle de Cam.

Il lui embrassa l'oreille, le cou, le creux du coude, le centre de la paume, tandis qu'en se détendant elle éprouvait du plaisir. Puis elle n'en éprouva plus et ensuite, c'était terminé.

Il était avachi sur elle quand ils entendirent tous deux une fille crier :

– Alec !

Elle se trouvait derrière l'empilement de rochers. Alec remit en vitesse son pantalon et Cam descendit se cacher sous le catamaran.

– Pardon, lui dit-il. Je dois y aller.

Et Cam, accroupie, regarda les tennis blanches s'éloigner vers la voix de la fille.

* * *

Il est impossible de faire une sortie discrète quand on est piégée sur une île. Cam avait décidé de se servir du funiculaire, mais Asher la suivait.

– Cam ! cria-t-il.

Elle l'ignora et grimpa dans la cabine rouillée suspendue à un câble. Elle la fit avancer en tirant sur une corde, et la cabine crissa en avançant de trente centimètres. Elle continua, puisant son énergie dans son embarras. Quelques personnes s'étaient rassemblées et l'observaient avec curiosité. Finalement, elle s'épuisa et ravala ses larmes. Elle s'affala à l'intérieur de la cabine, qui oscilla en grinçant.

– Cam ! lança Asher. Regarde en bas !

– Je croyais que c'était le contraire ! répondit Cam. Qu'il ne fallait pas baisser les yeux durant la traversée !

– Non, regarde !

Cam se pencha sur le côté et s'aperçut qu'il n'y avait plus d'eau entre l'île du phare et la péninsule. Le bras de mer s'était asséché, laissant une plage rocailleuse.

– C'est marée basse, dit Asher. Tu peux rejoindre l'autre rive en marchant.

Il appuya sur un bouton et la cabine se mit à reculer jusqu'à l'île. Cam en descendit et traversa à pied.

Le retour à la maison ne lui laissa aucun souvenir.

* * *

Après avoir pris une longue douche, Cam enfila le peignoir de sa mère et sortit sur la terrasse du belvédère. Elle déplia sa Liste Flamant Rose et l'inspecta. « Perdre ma virginité pendant une fête de lycéens bien arrosée » : coché. Même s'il n'y avait pas d'alcool. « Me faire briser le cœur par un sale type » : coché.

Elle aurait pu s'en passer, mais il paraît que les premières fois ne sont jamais bien. Dommage pour elle que la première soit la dernière.

Elle aurait aimé pouvoir oublier ce moment. Une personne en bonne santé en aurait été capable. Les gens en bonne santé possèdent une excellente mémoire sélective. Cam se souvenait de tout, de chaque détail. Ce qui était pratique durant un examen, mais horrible quand il s'agissait d'oublier les dents d'Alec, ou les jeunes ressemblant à des images de catalogue de mode l'observant depuis la plage quand elle se trouvait à l'intérieur du funiculaire. Horrible quand elle voulait oublier le dernier souffle de son père, chauve et réduit à la taille d'un enfant, sur son lit de mort. Quand elle voulait oublier que ses organes allaient l'abandonner les uns après les autres ou qu'elle risquait de mourir d'une pneumopathie dans son lit. Son cœur lâcherait peut-être avant.

CHAPITRE QUATORZE

– Lève-toi, Campbell ! cria sa mère en tirant sur la couverture sous laquelle Campbell se cachait. Ça ne se fait pas dans notre famille, tu m'entends ?

Cam se réveilla la tête pleine de mauvais souvenirs : un funiculaire vertigineux, le regard incrédule des jeunes, Alec lui retirant son jean…

– Quelle heure est-il ? demanda-t-elle, couvrant sa figure de son bras face à la lumière éblouissante.

De sa chambre, on avait l'impression de flotter au milieu de la baie. Des tons de bleu ondulaient selon leur forme et leur fonction. Si elle restait ici un peu plus longtemps, elle pourrait trouver des centaines de mots pour décrire le bleu, comme les Esquimaux en possèdent des centaines pour décrire la neige.

– Tu veux dire : « On est quel jour ? » Tu as dormi un samedi entier.

– Super.

Alicia grinça des dents.

– Campbell, tu n'as pas assez de temps à perdre pour rester enfermée ici, à lire le journal ou à faire autre chose ! protesta-t-elle en donnant un coup de pied dans des objets qui traînaient par terre. Tu ne peux pas te payer le luxe de te morfondre comme les autres filles de ton âge.

– Je croyais que se morfondre faisait partie de l'adolescence. Je veux savoir à quoi ressemble la vie de mes semblables avant de mourir. Et, de toute façon, cette ville doit me sauver.

– Campbell, fit sa mère en s'installant sur le matelas.

– Quoi ?

– Il faut essayer de s'en sortir seule avant de compter sur l'aide d'autrui.

– C'est Jésus qui a dit ça ? Ça ferait bien sur une tasse. Ou sur une taie d'oreiller crochetée. On devrait le lancer sur le marché.

– Aujourd'hui, tu dois sortir de cette maison, tu m'entends ?

– Oui, madame.

Sa mère lui jeta un oreiller avant de redescendre l'escalier.

Cam regretta de ne pas pouvoir confier à sa mère qu'elle était sortie et s'était mal tenue, mais comment expliquer à une mère qu'on vient de perdre sa virginité avec un étudiant français pas très sympa, sur un catamaran ?

Mieux valait quitter la maison. Tweety avait l'air ramolli, c'était l'occasion de l'emmener chez le vétérinaire.

En s'habillant, elle remarqua la photo volée chez Lily, posée en équilibre précaire sur le rebord de la fenêtre. Le soleil filtrait à travers. Cam regarda leurs têtes chauves, leurs visages blafards, leurs sourires étincelants. Étrange, mais, grâce à Lily, elle avait passé un des meilleurs moments de sa vie à l'hôpital Saint Jude.

Lily était la seule qui la captait. Son père l'avait un peu comprise, mais il n'était plus là. Sa mère avait essayé, puis c'était devenu trop fatigant et elle y avait renoncé. Mais Lily la comprenait. Il leur suffisait d'échanger un regard pour exploser de rire en silence. Lily lui manquait.

Elle lui aurait donné son point de vue sur ce qui s'était passé la veille. Cam mourait d'envie de lui annoncer qu'elle avait coché deux vœux sur sa liste. Mais ce n'était peut-être pas ça qui allait les réconcilier. En se remémorant les dernières paroles de Lily, Cam s'assombrit : « J'ai besoin d'être entourée d'énergie positive. J'ai besoin que tu me laisses tranquille. » Sans un mot, Cam rangea la photo dans une enveloppe et inscrivit l'adresse de Lily. Elle la lui enverrait aujourd'hui.

– J'emmène Tweety chez le véto, maman ! brailla Cam en rejoignant le rez-de-chaussée. Tu crois qu'il y a un vétérinaire à Promise ou que les animaux guérissent par miracle ?

– Fais pas ta maligne, répondit sa mère depuis la salle à manger. J'en ai vu un rue Cedar, je crois.

Alicia avait rapporté une ancienne machine à coudre dénichée au sous-sol et tentait de la faire fonctionner. Cam décrocha la cage du canari et trouva les clés de la voiture dans la poche de sa veste à capuche.

– Attends ! cria Perry tandis que Cam refermait la porte d'entrée.

* * *

Cam était exaspérée. Vraiment. Il faisait chaud, elle ne trouvait pas le cabinet du vétérinaire et les brûlures étaient de retour. Finalement, alors qu'elle contournait un pâté de maisons, elle aperçut une grange rouge avec un silo et un camion postal garé devant. Un âne était enfermé dans un corral blanc et une pancarte affichait l'inscription *Elaine Whittier, vétérinaire, responsable de la médiathèque, postière en chef, shérif, antiquaire*.

– Qu'est-ce que vous lui donnez à manger ? demanda-t-elle à Cam.

Vêtue d'une djellaba bleue, elle avait la soixantaine, des cheveux longs grisonnants et des pendants en plumes. Pour faire examiner l'oiseau, il fallait traverser un salon décoré de meubles en pin garnis de coussins marron et de messages encadrés gnangnan comme « Bienvenue ».

– On a ajouté de la papaye à son régime, déclara Cam.

– Il est obèse.

– Tu entends, Tweety ? Terminé, la papaye.

Elle était obligée de hausser le ton pour couvrir les bruits des animaux voisins. En plus des chats et des chiens, des cages abritaient des bernard-l'ermite, des tarentules, des iguanes, des furets, et…

– C'est un rat musqué ? questionna Cam en apercevant un rongeur noir et luisant.

– C'est l'une des créatures de Dieu. Qu'est-ce qui vous amène à Promise ? questionna Elaine en passant ses doigts sous les ailes du canari.

– Je suis malade, déclara Cam, soulagée de se confier à une étrangère.

– C'est dommage, commenta Elaine.

Cam apprécia sa réponse. Pas de questions. Pas de déni.

– Et qu'est-ce que vous faites ? s'enquit la vétérinaire en replaçant Tweety dans sa cage.

– Faites ? répéta Cam.

– À part être malade.

– J'emploie toute mon énergie à ça en ce moment, plaisanta Cam.

Elaine eut un sourire. Elle avait une fossette au creux de la joue gauche, comme Asher.

– Une femme doit savoir faire plusieurs choses. C'est dans notre nature. Nous sommes naturellement polyvalentes. Tenez, pouvez-vous tenir Bart une seconde ?

Elle remit un chiot saint-bernard entre les mains de Cam.

– Je pourrais travailler ici, hasarda Cam.

Le chiot lui lécha la figure.

– Quoi ? demanda la vétérinaire en préparant une seringue. Tenez-le bien.

Elaine souleva l'un des plis de la nuque du chien et lui fit une injection. Bart se nicha au creux du coude de Cam.

– J'ai dit que je pourrais travailler ici, si vous aviez besoin d'aide.

– Vous semblez supporter la vue des piqûres, ce qui signifie que vous garderez votre sang-froid en cas d'urgence, observa Elaine. Rien d'autre n'est requis pour le poste. Mais ne vous attachez pas aux animaux. Et en particulier à Bart. C'est le plus fragile d'une grande portée, il risque de ne pas survivre.

Cam l'adorait déjà. Comment ne pas craquer pour un chiot à la fourrure douce et chaude et aux yeux tombants ?

– Je suis du genre détaché, répondit Cam.

– Parfait ! Je dois distribuer le courrier, maintenant. Si j'ai cinq minutes de retard, M. Griffith va paniquer. Il reçoit surtout des courriers du supermarché, mais il les attend avec impatience. Pouvez-vous rester ici en mon absence ?

– Vous faites aussi le facteur ?

– Oui. Quoi qu'il en soit, je ne sais pas si notre petit ami va tenir encore un jour. S'il ne va pas mieux demain, j'interromprai sa souffrance.

– Il sera là demain, répondit Cam. On a conclu un pacte, lui et moi.

Ce n'était pas vrai, mais elle comptait remédier à cela.

Avant le départ d'Elaine, Cam lui remit l'enveloppe adressée à Lily.

– Pouvez-vous la poster ? demanda-t-elle.

C'était la dernière preuve de son amitié pour Lily et elle avait le cœur gros.

* * *

Cam retourna auprès du chiot, qui était enveloppé d'une couverture. Il ne bougeait plus mais respirait encore. Elle s'assit sur le carrelage froid de la salle, posa Bart sur ses genoux et lui massa le front. Sa mère et elle avaient passé de nombreuses nuits dans cette position, ce qui reposait Cam quand elle vomissait.

Sa mère lui massait la tête et, après avoir rendu de la bile pour la dix-septième fois, Cam disait :

– Je veux mourir, maman. Laisse-moi mourir.

– Je vais te faire une proposition, Campbell Maria. Si tu restes en vie, demain, ce sera un jour unique.

– Qu'est-ce qu'on va faire ? chuchotait Cam.

Sa mère parlait alors de différents événements très excitants qui donnaient à Cam une raison d'attendre.

– Demain, on va faire un voyage en montgolfière au-dessus des Everglades, répondait sa mère.

– Ça serait génial, soufflait Cam.

– Mais on va vraiment le faire. On va monter dans la nacelle arc-en-ciel avec le gardien du parc qui est aviateur. Et, pendant qu'on survolera les marais, tu pourras affirmer ta supériorité en lui posant plein de questions sur la conservation des Everglades auxquelles il ne saura pas répondre.

– Super.

– Ensuite, on déjeunera et on boira du thé pétillant.

– Ne me parle pas de déjeuner.

– Pardon, ma puce. Après, donc, on ira au cinéma et on trichera afin de voir deux films pour le prix d'un. On rentrera se coucher et on fera de beaux rêves toute la nuit.

– Faut pas exagérer, rétorquait Cam, qui dormait mal depuis le début de son cancer.

Au commencement de sa maladie, sa mère avait organisé de nombreux jours exceptionnels. Mais peu à peu, l'état de Cam ne s'améliorant pas, sa mère ne pouvait plus réclamer de congés pour lui changer les idées.

– Demain, ça va être le plus beau jour du monde, dit Cam au chiot. Tu m'entends ? Alors il faut tenir le coup si tu veux en profiter.

Elle lui décrivit les nombreuses odeurs et activités qui composeraient une journée de chien idéale : se promener dans l'herbe mouillée, casser la croûte derrière la boucherie, se gratter le dos contre un arbre, courir après une branche et la rapporter, faire la sieste au soleil, mordiller une pantoufle, voyager en passant la tête par la vitre.

Cela avait l'air de marcher. Vers seize heures, quand Elaine rentra, sa queue-de-cheval coincée derrière sa casquette, elle le trouva néanmoins dans un état critique.

– Je vais être obligée de le piquer, annonça Elaine.

– Non, attendez encore, supplia Cam.

En rentrant chez elle avec Tweety, elle ne se mit pas à prier, mais elle envoya de l'énergie à Bart.

Elle se servit d'une technique de visualisation que Lily lui avait apprise, et imagina un avenir comportant un saint-bernard grand et musclé. Elle se figura aussi une Cam en bonne santé et, malgré elle, un Asher torse nu sous le soleil.

CHAPITRE QUINZE

Avant de regagner la maison, Cam gara Cumulus et alla se promener le long des boutiques en brique décorées de ballons multicolores. Elle s'arrêta pour boire un café puis faucha trois aimants en forme de homard, des pâtes en forme de bois d'orignal, du sirop d'érable et une paire de chaussettes tricotées à la main.

L'excitation provoquée par les vols eut pour effet de la distraire de Bart et du souvenir d'Alec, mais, en songeant à la vieille dame qui avait dû passer ses soirées à tricoter les chaussettes, un sentiment nouveau – la culpabilité – s'empara de Cam. Voler était plus difficile quand on savait qui on volait.

Néanmoins, sa mauvaise conscience s'estompa rapidement. Elle était en train de glisser une manique en forme de pince de homard dans son sac quand elle entendit crier depuis le trottoir :

– Samoa !

Sunny et son petit ami la rejoignirent.

– Ce n'est pas politiquement correct, commenta Cam.

– Nous vivons une époque post-politiquement correcte, Samoa. Nous ne stigmatisons pas ta différence, nous la célébrons.

– Hum, fit Cam en se demandant ce que ça signifiait.

– On va voir les flamants roses. Tu veux venir ?

Sunny saisit la main de Cam.

– Ça te rappellera la Floride, ajouta-t-elle.

– Il y a un cirque d'oiseaux en ville ? s'enquit Cam.

– Non, ils viennent d'arriver, répondit Royal. Toute une volée.

– Il y en a des centaines, déclara Sunny. Ils se sont installés dans l'étang situé derrière l'école primaire.

Elle marchait pieds nus et portait sa robe sale du vendredi soir. Cam la laissa conduire Cumulus. Royal s'installa à l'arrière, à côté du canari, Cam sur le siège du passager. Ils longèrent la côte en direction du phare. À leur droite, le paysage lui donnait l'impression d'être au bout de la terre. L'horizon était effrayant. Pas étonnant que les Précolombiens aient pensé qu'ils allaient tomber du monde.

Sunny demanda à Cam de lui tenir le volant une seconde pendant qu'elle retirait son sweat.

– Tu as déjà vu ça ? questionna Sunny.

Elle indiqua une colline verte parsemée de rochers gris couverts de lichen où, parmi des fleurs mauves, paissaient quelques vaches.

– Ce sont des pissenlits ? questionna Cam.

– Exact, confirma Sunny. Ici, ils sont mauves. Au printemps, les enfants se rassemblent et font un vœu sur la place de Promise en soufflant sur des poignées de pissenlits.

Ils se turent un instant. Sunny avait repris le volant et Cam regardait le paysage. Presque tous les habitants semblaient vendre leur mobilier devant leur maison : volets anciens, girouettes, luges, chaises, sculptures d'ours taillées à la tronçonneuse, machines à laver, séchoirs à linge... Cam distingua même une pancarte proposant des baignoires à vendre.

– Je préfère que ma baignoire soit neuve, marmonna-t-elle.

– Quoi ? questionna Royal.

– Rien.

Ils retournèrent en direction de la côte. Cam contemplait le scintillement du soleil sur les vagues quand Sunny s'écria :

– Regardez ces clowns !

Cam aperçut Alec qui faisait du stop le long de la route. Des mèches brunes et grasses couvraient son front. Malgré l'odeur qu'il devait dégager par cette chaleur, elle se réjouissait de le revoir. Pourtant, elle n'aurait pas dû être contente de le retrouver. Il était prévu qu'elle se fasse dépuceler avant de mourir. Pas d'avoir une aventure. Et elle n'aurait pas dû déchanter à la vue de la rousse au teint de porcelaine qui accompagnait Alec. Ça devait être la fille qui l'avait appelé quand ils se trouvaient sur le catamaran. Cam eut soudain l'impression de peser des tonnes. C'était comme si du mercure coulait dans ses veines. Elle se sentait comme un thon pollué.

Sunny s'arrêta sur le bas-côté et lança par la vitre :

– On vous emmène voir les flamants ?

Alec monta à l'arrière et Royal tendit la cage à Cam.

– Prendre des autostoppeurs est très dangereux, grommela-t-elle.

– Bonjour, Autumn et Alec, dit Sunny. Vous connaissez Campbell ?

Le cœur de Cam battait à tout rompre. Elle essaya de regarder Alec droit dans les yeux.

– Non, répliqua-t-il d'un ton plat, en détournant la tête.

Il avait les jambes grandes écartées. Près de lui, Autumn tendit une main molle à Cam.

– Enchantée, dit-elle avant de chuchoter quelque chose à l'oreille d'Alec.

« Détachée, songea Cam. Je suis détachée. » Elle se fit violence pour sauver les apparences, mais sa gorge nouée ne se desserra pas et une larme finit par jaillir de son œil. Elle commençait à regretter la Floride.

* * *

Ils descendirent de Cumulus et traversèrent un champ envahi d'ambroisie situé derrière l'école. Autumn piqua une marguerite dans ses cheveux et Alec mastiqua un brin d'herbe. Ils auraient pu jouer dans un clip vidéo musical, tant ils étaient jeunes, beaux et insouciants. Seule Cam se sentait stupidement triste d'avoir perdu sa virginité avec un salaud qui flirtait devant elle en l'ignorant.

Elle voulait garder ses distances tout en marchant, mais Sunny la prit par le bras pour la ramener avec le groupe.

– Tu ne vas pas en revenir, Samoa, dit-elle.

Et, quand ils atteignirent le sommet de la colline, Cam oublia Alec une seconde.

Devant eux, une lave de flamants roses s'étendait comme une gigantesque corne d'abondance orangée. On aurait cru un énorme organisme amibien, ou la bulle de chewing-gum d'un géant tapissant la boue marécageuse. En se rapprochant, ils entendirent des sons distincts d'oiseaux donnant l'alarme et ils virent des milliers de pattes se diriger vers le centre de la formation. Ils se juchèrent en haut d'une vieille barrière de bois et contemplèrent les nuages de plumes.

– Le rose est la plus belle couleur du monde, roucoula Sunny.

Cam était heureuse qu'il ne s'agisse pas d'une question. Le rose était la couleur de la variole, des boutons, des yeux injectés de sang, de certains médicaments, d'une seringue pleine de moelle épinière, de son flacon de collyre rempli de morphine liquide, de la langue d'Alec. Beaucoup de choses horribles étaient roses. Et, par ailleurs, les flamants qui n'arrêtaient pas de se chamailler comme des retraités d'Orlando n'avaient rien d'apaisant.

Cam se tenait entre les deux couples, sur la barrière de bois. Alec, à sa droite, lui jeta un regard furtif et toucha son petit doigt avant de retirer sa main au son du gloussement d'Autumn. Cam le haïssait.

Pourtant, elle avait désespérément besoin de son désir. Elle comprenait enfin le syndrome post-coïtal de l'adolescent : les couples faisaient l'amour. Les filles avaient tendance à s'accrocher, les garçons étouffaient et se débarrassaient des filles. Cam voulait faire mieux que ça. Éviter de devenir collante et ne pas sombrer dans la détresse. Mais elle avait l'impression qu'Alec lui avait volé quelque chose et elle ne voulait pas qu'il parte avec.

Elle sauta au sol et avança le long du périmètre d'oiseaux. Quelques habitants de Promise s'étaient aventurés au-delà de l'école pour assister au spectacle. Néanmoins, personne ne prenait de photos et des gosses qui jouaient au base-ball ne se ruèrent pas vers les flamants en criant, mais vers le camion d'un marchand de glaces. Nul n'avait prévenu les médias. Ce qui surprenait Cam.

Non qu'elle considère que les flamants roses soient un miracle. Loin de là. Le miracle venait du fait qu'un oiseau pouvait devenir aussi grand et resplendissant en se nourrissant essentiellement d'organismes microscopiques. Ils avaient migré jusqu'ici en quête de boue volcanique. Cam continuait à les regarder, un peu lasse de leur raffut et de leurs querelles, quand elle distingua un bébé flamant rose. Tellement laid qu'il en était mignon ! Elle le baptisa Buddy.

Elle se retourna pour le montrer aux deux couples épanouis. Ils s'embrassaient. Elle comprit que le moment de partir était venu.

CHAPITRE SEIZE

Cam avait hâte d'aller se coucher. Impossible de franchir la porte d'entrée.

– Où étais-tu passée ? criait Alicia depuis la véranda. J'allais appeler la police !

Elle sirotait une limonade avec Perry pendant qu'Asher peignait la balustrade en noir.

Cam saisissait mieux le personnage d'Asher. C'était un loup solitaire au sommet de la chaîne alimentaire. Et il ne voulait pas d'une proie qui vienne se livrer à lui, comme la blonde sur le banc aperçue à travers le télescope. Il lui fallait quelque chose de plus compliqué. Quelque chose de caché, de clandestin, bien que sans danger. Quelque chose qui puisse lui garantir la solitude de sa tanière. Selon Cam, Asher devrait sortir avec une femme plus âgée que lui. Quoi qu'il en soit, elle était trop crevée pour s'en soucier.

– Je ne peux pas gagner, répondit-elle. Tu m'as forcée à sortir et maintenant tu m'engueules parce que je ne suis pas rentrée ? Est-ce que je peux au moins aller poser la cage de Tweety à l'intérieur ? Il a eu une longue journée.

Cam essaya d'avancer, mais sa mère lui bloqua le passage.

– Campbell, tu es couverte de poils de chien.

– La vétérinaire m'a engagée.

– C'est bien. Vraiment. Mais va te laver, s'il te plaît. Dans la douche qui est dehors.

– Maintenant ?

Perry éternua. Asher se mit à se frotter les yeux.

– Moi aussi, je suis allergique aux poils de chien, confia-t-il.

– Bon sang, fit Cam.

Elle tendit la cage à sa mère et ajouta :

– Il est obèse, paraît-il. Tu dois arrêter de lui donner de la papaye.

– File ! cria sa mère en jetant une serviette de bain dans sa direction.

Les gouttes glacées l'assaillirent. Il fallait être de Nouvelle-Angleterre et habitué au froid pour songer à installer une cabine de douche extérieure, en haut d'un promontoire rocheux. Sa mère n'avait-elle pas remarqué qu'elle n'avait pas un gramme de graisse ? Cam frissonna en se savonnant avec une vieille barre de savon desséché. Détournant les yeux d'une toile d'araignée, en haut de la paroi de bois, elle vit sa serviette disparaître. Perry s'empara ensuite de ses habits et les jeta les uns après les autres, du haut de la falaise, sur la plage située en contrebas. Cam n'avait plus rien à se mettre, hormis ses tennis qu'elle avait conservées.

– Perry ! hurla Cam. Je suis gelée !

Cam se frotta les mains et les bras pour se réchauffer.

– Perry ! brailla-t-elle de nouveau.

– Tu as besoin d'aide ? demanda Asher. Tiens, tu peux prendre ma chemise.

– Asher à la rescousse, répondit Cam. Ça faisait longtemps. On se croirait dans la scène du film…

– *La vie est belle*, devina Asher. De Capra. Quand ils reviennent de la piscine et qu'elle perd sa robe dans les buissons.

– Ce film enseigne beaucoup de choses sur ce qui arrive aux types bien, dit Cam en claquant des dents.

C'était une histoire à propos d'un ange qui empêche un père de famille désespéré de se jeter du haut d'un pont le soir de Noël. Alicia les obligeait à le regarder chaque année.

– Est-il possible que tu n'aies pas compris le message de ce film ? répondit Asher.

Cam écouta un instant le fracas des vagues se brisant sur le rivage. Le ciel était sombre et les cigales silencieuses.

– Il a renoncé à poursuivre ses études d'architecture. Il a raté sa lune de miel. Il restait à la maison et tout le monde se servait de lui.

– Et sa vie était belle. Comme le titre du film.

– C'était de la propagande pour faire croire aux gens que leur vie minable en valait la peine, déclara Cam.

– Tu ne mérites pas ma chemise, dit Asher.

Cam leva la main et s'approcha de la paroi de bois.

– Mais tu vas quand même me la donner.

– Qu'est-ce que tu en sais ?

– Je le sais.

– Tiens, dit-il.

La chemise blanche était suffisamment longue et la collait aux endroits stratégiques, là où il lui restait encore un peu de rondeurs. Elle croisa les bras et sortit de la cabine. Torse nu, Asher se tenait devant elle. C'était incroyable comment le sport et le travail manuel pouvaient modeler un corps. Il avait l'air aussi troublé qu'elle.

– Je peux me débrouiller seule, maintenant, dit Cam.

– Oui, fit Asher. Pardon. J'adore tes chaussures.

Il se détourna et traversa la pelouse. De dos, il n'était pas mal non plus.

* * *

Dans le salon, Alicia et Perry jouaient au Scrabble. Un chandelier en bois d'orignal de très mauvais goût éclairait la pièce.

– Est-ce qu'ils ont mangé l'orignal, au moins ? se demanda Cam à voix haute.

– Quoi ? répondit Alicia.

– Rien. C'était mignon, Perry. Merci de m'avoir volé ma serviette.

Elle se plaça derrière la chaise de sa sœur et examina son jeu.

– N'en parlons pas, grommela Perry.

Cam s'empara de la veste de sa mère qui pendait au dossier de la chaise, l'enfila et mit les chaussons roses de sa sœur. Elle saisit un bâtonnet de carotte et pivota vers l'escalier.

– Demande-lui, maman, dit Perry.

– Demande-lui quoi ? questionna Cam.

– Perry aimerait savoir si tu as entendu parler des flamants roses.

Alicia portait ses lunettes de lecture et regardait ses lettres.

– Oui. Je les ai vus derrière l'école, répondit Cam.

Perry la dévisagea en écarquillant les yeux.

– Tu les as vus ? Alors maintenant tu as la preuve que Promise est un endroit magique.

– Pourquoi ?

– Parce qu'un vol de flamants s'est installé ici, déclara Alicia. Le Maine n'est pas leur habitat habituel. En principe, c'est en Floride qu'on peut les voir.

– Et ?

– C'est miraculeux. Le signe que nous sommes au bon endroit.

– Les flamants n'ont aucun lien avec nous, argua Cam. C'est à cause du réchauffement climatique. C'est comme les chauves-souris qui disparaissent des grottes de Pennsylvanie ou les abeilles qui se perdent à cause des interférences créées par les téléphones portables…

– Cam, fit Alicia.

– Ou les iguanes qui meurent de froid à cause du climat déréglé de la Floride, ou les ours polaires qui se noient. À court de nourriture, les flamants ont migré jusqu'ici, c'est tout.

Elle entendit son portable sonner depuis la poche d'un short qu'elle avait laissé dans la véranda. Elle alla le chercher et afficha un texto d'Elaine Whittier : « Je le piquerai demain. Venez tôt si vous voulez lui dire adieu. »

Se sentant vaincue et trahie, Cam retourna dans le salon. Pourquoi Elaine ne laissait-elle pas Bart tranquille ?

Ces gens n'étaient-ils pas pour le respect de la nature ? Pour la laisser suivre son cours ?

– Est-ce que tu m'emmèneras voir les flamants, demain ? demanda Perry. J'aimerais prendre des photos.

– Non. Je les ai déjà vus et, par ailleurs, je travaille.

Perry se raidit sur sa chaise.

– C'est vraiment du temps perdu, maugréa-t-elle.

– Comment ça ? questionna Cam.

– Venir ici n'a servi à rien. Tu n'as pas changé d'un pouce.

– Qu'est-ce que tu attends de moi ?

– Que tu te mettes à croire.

– À quoi ? À la magie ? Aux incantations ? Aux tours de passe-passe ?

– Je ne sais pas, répondit Perry. J'aurais voulu que ça marche.

Cam s'aperçut que sa sœur retenait ses larmes.

– C'est étonnant que les flamants soient venus ici. Mais cela n'a aucun rapport avec moi. Je refuse de faire ce lien. Les gens meurent. Les chiots meurent. Mon père est mort. Flamants roses ou pas, je vais mourir. Bientôt.

– Mais tu vas mieux, insista Perry. Tu ne t'en rends pas compte ? Tu manges même des sandwiches au beurre de cacahuètes. Cette ville est un endroit spécial.

Perry la regardait, pleine d'espoir.

Depuis leur arrivée dans le Maine, Cam était beaucoup plus en forme. Néanmoins, elle avait attribué ça à l'air marin et à la phase de rémission qui précédait parfois la mort. Cela permettait aux gens de dire adieu à leurs proches, de prévoir leur enterrement, de s'organiser.

– Désolée, Perry. Si j'ai plus d'énergie, c'est parce que ma mort est proche.

– Elle est désespérante, commenta Alicia en se voûtant.

– Je résiste à l'espoir, déclara Cam.

– Tu pourrais au moins nous laisser croire, se plaignit Perry.

– Je ne vous l'ai jamais interdit.

Perry rangea le Scrabble.

– Ce n'est pas facile d'être à ma place, bredouilla-t-elle. Tu en as conscience, j'espère ?

Cam avait toujours pensé qu'il n'y avait rien de plus facile qu'être à la place de Perry.

– Vraiment ? répondit-elle.

– J'ai fait beaucoup de sacrifices pour toi, reprit sa sœur d'une voix chevrotante. Comme venir ici. Tu crois que ça m'amuse de passer tout l'été sans mes amies ? Personne ne se préoccupe jamais de ce que je veux parce que tu passes toujours en premier. Ça ne me gêne pas. Sincèrement. J'ai pris l'habitude de passer en second. Mais tu pourrais au moins nous laisser croire que ça va marcher.

Une larme jaillit de son œil et roula le long de sa joue.

La gorge également nouée, Cam se tut un instant, songeant aux fois où Perry avait été obligée de rester seule avec quelqu'un qui la gardait pendant qu'Alicia conduisait Cam à un hôpital pour essayer un nouveau traitement. Ou les fois où leur mère avait emmené Perry aux rendez-vous avec le médecin au lieu de la laisser aller s'amuser avec son groupe de majorettes.

– Pardon, dit Cam. Tu as le droit de croire à ce que tu veux.

En haut, à l'intérieur du belvédère, la liste gisait sur la valise. Elle s'en empara et cocha « Détruire les rêves de ma petite sœur » et, dans la foulée, « Me morfondre misérablement, pleurer, bouder et dormir durant un samedi entier ». Tout ça en un jour.

CHAPITRE DIX-SEPT

Sur la route de la côte, Cam dépassa en trombe un champ de pissenlits mauves. Il était onze heures. Elle n'en revenait pas d'avoir dormi aussi longtemps. Elle baissa sa vitre et laissa l'air marin lui fouetter la figure. Elle avait envoyé deux textos à Elaine, qui ne lui avait pas répondu. En se garant près du camion postal, elle fit signe à l'âne dénommé James Madison et courut.

Elle espérait qu'il n'était pas trop tard. Alors qu'elle se rapprochait de la porte, des aboiements lui parvinrent. Elaine soignait plusieurs chiens, mais ceux-ci provenaient d'un chiot.

– Bart ! s'exclama Campbell en ouvrant la porte.

Il se trémoussait en agitant la queue. Puis il urina.

– Il est content de vous voir ! déclara Elaine.

Elle nettoya le sol et tenta d'essuyer les pattes de Bart tandis qu'il gigotait dans ses bras.

– Où logez-vous ? reprit-elle.

– Dans la grande maison au sommet de la colline, répondit Cam.

– Avalon ? Oh, c'est de vous que m'a parlé Asher ! Il ne m'a pas dit que vous étiez malade.

– Il ne le sait pas. Vous le connaissez ?

– C'est mon neveu.

– Il est sympa, dit Cam. Donc, à propos de Bart, qu'est-ce qui s'est passé ?

Elle prit le chiot des mains de la vétérinaire et le laissa lui couvrir la face de coups de langue affectueux.

– Je ne sais pas, répondit Elaine. Ça fait partie des choses inexplicables. Il a décidé de vivre. Pas vrai, mon garçon ? ajouta-t-elle en pinçant le museau du chiot.

– Il doit exister une raison plus scientifique que ça, vous ne pensez pas ?

Elles s'installèrent dans le salon.

– Non, répondit Elaine. Certaines choses restent mystérieuses.

– Il y a une explication à tout, insista Cam.

– Vraiment ? fit Elaine avec un sourire amusé.

– Oui. Même pour ces flamants roses qui sont près de l'école. Ils étaient en quête de nourriture.

– Ce n'était pas prévu qu'ils en trouvent ici. La saison de la pêche à la crevette s'arrête en mars.

Elaine s'assit dans un fauteuil affreux et prit sa broderie.

– Leur présence ici m'inquiète, d'ailleurs, poursuivit-elle. L'étang risque de geler cet hiver, il faut qu'ils mettent les voiles avant. J'espère qu'ils ne vont pas finir comme des grenouilles dans une casserole.

– Des grenouilles dans une casserole ? répéta Cam.

Elaine humecta un bout de fil orange afin de le glisser par le chas d'une aiguille.

– Les grenouilles y restent jusqu'à bouillir. Comme les hommes. Nous sommes trop paresseux pour changer, donc nous continuons à faire ce que nous avons l'habitude de faire jusqu'à ce qu'il soit trop tard.

Elaine mit ses lunettes puis les retira, et tendit le fil et l'aiguille à Cam.

– Vous l'avez mis dans votre bouche, protesta Cam d'un air dégoûté.

– Mon Dieu, soupira Elaine. C'est bon, je vais me débrouiller.

Elle fit passer le fil orange à travers un éclat métallique.

Des capteurs de soleil décoratifs retenus par des ventouses obstruaient la lumière des fenêtres. Cam s'en approcha avec Bart. La baie avait l'air d'être en aluminium froissé. Au loin, Cam repéra la rue principale et, au bout de celle-ci, elle balaya les bois du regard à la recherche du sentier qui les avait conduites à Promise. Leur arrivée au *Dunkin' Donuts* lui semblait remonter à un an.

– Vous croyez ce que les gens racontent à propos de Promise ? demanda Cam.

– Quoi ? Que c'est un endroit enchanté ?

Cam acquiesça et se rassit, laissant Bart se rouler en boule sur ses genoux.

– Tout le monde a sa propre théorie sur les phénomènes de Promise. Il y a celle du cimetière souterrain amérindien sacré, celle de la météorite, celle de l'invasion d'extraterrestres, celle du triangle des Bermudes. J'aime bien celle du procès des sorcières de Salem. Ce n'était pas un procès, car ceux-ci ont eu lieu à une autre époque, mais les gens pensent que le fantôme d'Olivia Hutchins protège la ville parce qu'elle y a jadis trouvé refuge. Elle avait été condamnée à purger une peine de prison pour adultère et sorcellerie à Salem, à la fin des années 1800. Son unique crime était d'avoir épousé un homme diabolique qui lui avait tendu un piège. Elle avait réussi à s'évader et était venue vivre ici, dans la maison d'Avalon. C'est l'arrière-arrière-arrière-arrière-grand-mère d'Asher.

– Asher croit que la ville est enchantée ?

– L'histoire d'Asher est très étrange. Je vais vous la raconter quand j'aurai bu un café.

– Non, je n'ai pas besoin de savoir.

Elle était gênée de parler d'Asher et en même temps très curieuse.

– Si, c'est une histoire intéressante.

Elaine revint s'asseoir avec une tasse de café.

– Vous êtes une danseuse de hula, paraît-il ? Vous pouvez interpréter l'histoire en dansant.

– Ce n'est pas comme le langage des signes, rétorqua Cam.

– Il était une fois, il y a des siècles… Pouvez-vous interpréter « siècles » ?

Cam se leva, déposa le chiot sur le fauteuil et réprima un sourire. En voyant sa mère donner des cours de hula aux retraitées, elle avait eu envie de danser.

– Il me faut au moins de la musique, déclara-t-elle.

Elaine alluma la radio, qui diffusait un morceau de Pearl Jam.

– Donc, reprit Elaine, il y a des siècles, un ancêtre d'Asher a financé la construction de cette ville.

Cam balança ses hanches et ses bras au-dessus de plusieurs montagnes pour indiquer « longtemps », elle dessina des triangles avec ses doigts pour représenter les toits des maisons et une autre forme pour représenter un homme.

– Il était sage et bienveillant, poursuivit Elaine. Il signait des traités honnêtes avec les Indiens et vivait parmi eux. Je pense que nous avons même du sang indien dans les veines. Il a recueilli une femme qui cherchait à échapper à la justice et l'a épousée.

Cam interpréta « sage » en plaçant ses pouces au centre de son front, et « bienveillant » en orientant ses mains de sa poitrine vers le monde extérieur. Elle fit les signes pour « femme » et « courir », puis les signes pour « amour » et « protection ».

– Elle s'appelait Olivia Hutchins, et plus tard, comme pour prouver qu'elle n'avait pas un os adultère dans le corps, quand l'arrière-arrière-arrière-arrière-grand-père d'Asher s'est perdu en mer, elle l'a attendu cinq ans sur le toit, à l'intérieur du belvédère. Elle est morte sans perdre espoir.

Cam interpréta « la mer dangereuse » et « une femme ». Danser « l'attente » était compliqué. Elle fit une pause.

– Des phénomènes étranges se sont produits depuis, informa Elaine. Comme un raz-de-marée de coccinelles. Des millions de coccinelles se sont échouées sur le rivage et ont dû être retirées à la pelleteuse. Ou cette jeune femme qui a survécu à un accident d'avion. Ou mon pied cassé qui a guéri en une nuit…

Cam improvisait, inventant des gestes pour « coccinelles », « pelleteuse » et « avion ».

– Les habitants ont commencé à croire que la ville était enchantée. Ou bien hantée par le fantôme d'Olivia. Tout le monde, et en particulier notre famille, semblait avoir de la chance. Un jour, les parents d'Asher ont décidé de partir en voyage pour leur anniversaire de mariage. Et, pour une raison inconnue, leur chance s'est arrêtée. Alors qu'ils se rendaient en avion à Hawaï, ils ont été aspirés par le ciel.

Cam effectua les pas pour « voyage » et « danger ».

– Mon père, le grand-père d'Asher, était effondré. Il est allé se promener et n'est jamais rentré. Ma mère est morte de chagrin.

Cam tourna sur elle-même, exprimant le « chagrin » en baissant la tête et en croisant le bras.

– Asher pense qu'ils sont morts parce qu'ils ont voulu quitter cet endroit magique, déclara Elaine. Il a d'ailleurs peur de partir. Il est en âge de réfléchir à sa carrière, mais je crois qu'il va passer sa vie ici.

Cam termina la danse. L'histoire d'Asher l'avait attristée. Elle la sentait en elle comme un fardeau douloureux.

– C'était incroyable ! la félicita Elaine.

– Merci.

Cam éteignit la radio et alla caresser Bart. Elle était gênée et voulait changer de sujet.

– Mais les pissenlits mauves, les flamants roses, ce ne sont que des coïncidences, dit-elle.

– Certains pensent qu'il faut être attentif aux coïncidences, répondit Elaine en nouant son fil orange. Elles indiquent la voie à suivre. Par ailleurs, ces coïncidences suffisent pour redonner de l'espoir aux gens.

– Et espérer quoi ? demanda Cam.

– L'espoir trouve en lui-même sa propre récompense, répondit Elaine en allant poser sa tasse de café dans l'évier.

– L'espoir est un allumeur ! lança Cam.

Bart sauta et plaqua les pattes sur ses genoux, lui rappelant sa promesse.

– Ça ne vous ennuie pas si j'emmène Bart faire un tour ? Je lui ai promis une journée de chien idéale.

– Non, allez-y. Ne le fatiguez pas trop.

Cam ne croyait pas en l'espoir, mais elle tenait ses promesses.

CHAPITRE DIX-HUIT

Tandis qu'elle roulait le long de l'océan, Cam laissa Bart se mettre sur ses genoux, en le retenant d'une main dans les virages. Il garda sa truffe à l'extérieur de la voiture durant tout le voyage. Il était heureux.

Elle le fit jouer sur la pelouse de la maison d'Avalon, lui donna les aliments qu'elle avait pris chez Elaine, puis le laissa s'endormir au soleil. Elle partit à la recherche de sa mère, qu'elle trouva agenouillée entre des sacs de fertilisant, entourée de graines et d'outils de jardinage.

– Qu'est-ce que tu fais ?

– Je jardine. J'ai planté des tomates, de la vigne et des fleurs. Je t'ai vue avec le chiot. Il est adorable, mais ne le laisse pas entrer dans la maison.

Coiffée d'un chapeau de paille à bords larges orné d'un foulard rouge, sa mère était splendide. Elle portait une chemise blanche, et sa jupe rouge s'étalait autour d'elle. De sa main gantée de brun, elle s'essuya le front.

– Tu ressembles à la publicité pour le jus de raisin, commenta Cam.

– C'est bien ?

– Tu as l'air prête à piétiner des grappes.

Alicia se redressa.

– Je vais peut-être le faire.

Elle leva un bras, plia son poignet gauche et leva un genou.

– Depuis quand aimes-tu jardiner ? questionna Cam.

– Ça fait partie des choses que j'aime et que je n'ai jamais le temps de faire, répondit Alicia en rangeant ses outils dans un seau.

– Tu t'y connais ou tu improvises ?

– Tu es censée répondre « Ça ne poussera pas ».

– Quoi ?

– Quand tu étais petite, ton livre préféré, c'était *J'ai grandi*. Tu t'en souviens ?

Sa mère passa un bras autour de ses épaules.

– Non, répondit Cam.

– Un petit garçon plante une graine, et chaque membre de sa famille s'arrête pour lui répéter « Ça ne poussera pas ». Cela te faisait glousser et tu criais cette phrase dès que je tournais une page.

– Ça finit comment ?

– Comme dans les histoires pour enfants, voyons !

– Je plaisantais. Ne t'énerve pas. Il faut que je ramène Bart chez la vétérinaire.

Sur le chemin du retour, tandis que le chiot reposait sur ses genoux, Cam songea aux reproches de Perry. À sa mère entretenant un jardin. Au fait qu'elles voulaient désespérément croire aux miracles. Cam était lasse de son rôle de rabat-joie. Elle devenait prévisible. Cam détestait ce qui était prévisible.

Elle pensa à tout ce que sa mère avait fait pour qu'elle puisse avoir une enfance heureuse, pour perpétuer l'innocence le plus longtemps possible. Les biscuits destinés au

Père Noël, les mots adressés à la Petite Souris, les anniversaires spectaculaires donnant une illusion de confort, de sûreté et de magie, alors que rien de cela n'existait.

Cam ne croyait pas en la magie. Ni en l'espoir. Mais elle pouvait rendre heureuses Alicia et Perry. C'était facile.

Il lui suffisait de voler quelques plants de tomate.

* * *

Elle en repéra le long de la route, dans un terrain s'étendant sur des hectares dans toutes les directions qui regorgeait de légumes. Elle escalada une barrière et atterrit parmi des tomates. Elle en déracina délicatement plusieurs pieds, à l'aide d'une pelle, et fit de même avec un tournesol. Puis elle rangea sa récolte à l'arrière de la remorque et la protégea d'une serviette humide. Elle se sentait un peu comme un mafioso transportant un mauvais payeur jusqu'à un port pour l'exécuter.

– Désolée, dit-elle au tournesol. C'est temporaire.

Et elle referma la portière.

* * *

À minuit, Cam se glissa dans le jardin où avait travaillé sa mère et replanta son larcin. Sans la lumière des réverbères, la nuit paraissait plus vaste, et la lune, à moitié pleine, pointait son ventre jaune vers Cam. Une odeur de rosée humide s'échappait de la terre lorsqu'elle la remuait. Heureusement, les vers dormaient. Elle parvint à redresser deux pieds de tomate à l'aide d'un tuteur qu'Alicia avait placé près des plants. Les fines branches vertes s'enroulaient autour comme une échelle d'ADN.

– Qu'est-ce que tu fais ? questionna une voix derrière elle.

Cam poussa un cri, se retourna et jeta sa pelle. L'outil heurta Asher au front avant de tomber au sol.

– Bon sang ! maugréa-t-il en se couvrant la figure de ses mains.

– Ça va ? demanda Cam.

– Oui, je crois, répondit-il en examinant ses doigts couverts de sang.

– Tu saignes. Je suis désolée. Tiens.

Cam lui tendit une serviette.

– Tu dois arrêter de me tomber dessus de cette façon, reprocha-t-elle.

– J'ai cru que tu m'avais entendu arriver.

– Non, tu te déplaces en silence, comme tes ancêtres chasseurs de daims.

– Quoi ?

– Laisse tomber.

– Pourquoi est-ce que tu jardines de nuit ? demanda Asher.

Cam vit soudain combien il ressemblait à Elaine. Mêmes pommettes hautes, même mâchoire carrée, mêmes fossettes.

– Pourquoi est-ce que tu rôdes ici à minuit ? répliqua Cam.

– Réponds-moi d'abord.

– Ma mère croit à ces histoires de miracles à propos de Promise et je l'aide un peu en en créant.

– Très mauvaise idée, objecta Asher.

Il appliquait toujours la serviette contre son front et sa chemise remontait au-dessus de son nombril. « Pas touche », se dit Cam, se rappelant une visite au musée où on leur avait interdit de toucher les œuvres.

– Pourquoi ? demanda-t-elle.

– C'est comme ça. Tu ne peux pas imposer ta volonté aux mystères de l'Univers. Tu dois avoir confiance en ce qu'il te réserve. Par ailleurs, tes manigances ont déjà fait un blessé : moi.

– Certains d'entre nous n'ont pas le temps d'attendre ce que le destin leur réserve. Ça va aller ? Tu devrais nettoyer ta plaie.

Cam recula et contempla le tournesol. Elle jeta une poignée de terre autour des plants pour masquer ses empreintes de pas.

– Il est beau, non ? demanda-t-elle à Asher.

– Il est beau, mais j'ai un mauvais pressentiment.

– Rien de mal ne peut se produire à cause de ce jardin. Je fais une bonne action. Rien d'offensant dans le continuum espace-temps. C'est un bon karma.

– C'est mentir.

Asher finit par sourire. Cam retira la serviette plaquée contre son arcade sourcilière.

– Il faut mettre un pansement, dit-elle en effleurant accidentellement de la poitrine l'épaule d'Asher. C'est enfoui dans ton sourcil, on ne verra pas la cicatrice. Pardon.

– Pardon de t'avoir fait peur, répondit Asher.

Cam crut voir ses pupilles se dilater, puis elle se rendit compte qu'il s'agissait d'un changement de lumière lié au passage d'un nuage devant la lune.

– J'ai une trousse de secours dans la voiture, proposa-t-elle.

– Non, j'ai ce qu'il faut chez moi. Viens, j'aimerais te montrer quelque chose.

Et il l'entraîna vers les bois.

– Je croyais que c'était par là, répondit Cam en désignant la maison.

– Viens, dit-il, et il la conduisit à une cabane.

Devant celle-ci, il déplaça des bûches, dévoilant un escalier qui s'enfonçait dans la terre.

– Une cave ? s'enquit Cam.

– Si on veut. Avance.

Il descendit les marches.

– C'est le moment du film où on crie à l'actrice : « N'y va pas, idiote ! N'y va pas ! »

– Il n'y a aucun risque, répliqua Asher.

– C'est ça. La musique d'épouvante commence. C'est drôle, « tueur » rime avec « Asher ».

Au pied de l'escalier, Asher alluma une lumière, révélant un sous-sol blanc carrelé devant eux. Cam songea au Lincoln Tunnel de New York.

– Qu'est-ce que c'est ? questionna-t-elle.

– Un passage secret. Qui fait partie des anciens chemins de fer clandestins. Il y a des tunnels secrets et des cachettes partout.

– C'est pour ça que tu arrives à rôder où tu veux. Tu vois, tout s'explique.

– Durant la Prohibition, mon arrière-grand-père s'est enrichi en se servant des tunnels pour devenir trafiquant d'alcool. Il a gagné une fortune. Viens, je vais te montrer où ça débouche.

Une sortie masquée par une fausse paroi rocheuse coulissante donnait sur la plage. Un autre tunnel conduisait au rez-de-chaussée de l'ancien garage à calèches, un troisième à une bibliothèque pivotante située au sous-sol de la maison d'Avalon. Ils l'empruntèrent et se retrouvèrent dans la chambre d'Homère. Cam s'approcha de l'aquarium.

– Tu devrais le délivrer, commenta Asher. Si tu n'as pas l'intention de le manger, laisse-lui la liberté d'explorer le fond de l'océan.

– Quand on est à la merci de l'Univers, on n'est pas vraiment libre, déclara Cam.

Homère renonça à escalader la paroi de verre et retourna à l'intérieur de sa cabane d'éponge.

– C'est un point de vue intéressant. Mais si tu veux contrôler l'Univers, tu n'es pas libre non plus.

– Je suis libre, déclara Cam. J'ai mon libre arbitre. J'ai le droit de contrôler l'Univers.

Elle leva un bras et le fléchit, faisant gonfler un biceps imaginaire.

– Merci de m'avoir montré la grotte des chauves-souris. C'est parfait pour mon prochain miracle.

– Pas un autre !

– Si. Remarquable.

CHAPITRE DIX-NEUF

– Cam, c'est incroyable ! s'écria Perry. Tu vas croire aux miracles, maintenant !

Cam avait dormi profondément et oublié où elle était. Elle avait d'abord cru qu'elle se trouvait à Orlando et s'était demandé pourquoi la lumière était si forte dans la chambre. Un instant, elle s'était crue morte.

– Cam ! hurla Perry en bondissant sur son lit et en la secouant.

Cam se dit qu'on la réanimait après une crise cardiaque. Puis, lentement, elle se concentra et la mémoire lui revint. Le Maine. Le jardin. Perry.

– C'est bon, c'est bon, Péristaltisme, maugréa Cam. Je suis réveillée. Qu'est-ce qui se passe ?

– Ne m'appelle pas comme ça. Je ne veux pas d'un surnom qui a un rapport avec le mouvement des intestins.

– C'est toi qui as changé de prénom, Périménopause.

– Arrête !

– Quelle est l'urgence ? s'enquit Cam. C'est Noël ? Pâques ?

– C'est le jardin de maman. Il faut que tu viennes le voir.

– D'accord, j'arrive. Je peux boire un café, avant ?

– Non. Tout de suite !

Cam grommela tandis que sa sœur l'entraînait dehors.

Elle portait un short, un débardeur gris, et un pli d'oreiller avait laissé une marque sur sa joue. Pour changer, elle avait de l'espoir. Elle espérait ne pas croiser Asher. Elle avait commencé à se préoccuper de ce qu'il pensait d'elle en s'endormant et son inquiétude resurgissait.

Alicia arrosait le jardin à l'aide d'un tuyau. Cam mit sa main en visière et admira son travail à la lumière du jour. Les tomates luisaient au soleil.

– Je les ai plantés hier, déclara Alicia. Tu te rends compte ? Et tu as vu le tournesol ?

– Tu t'es servi de fertilisant miracle ? Ça marche bien.

– Cam.

– Non, franchement, je suis épatée.

– Tu peux l'être. Je vais faire une pizza pour le concours de tartes.

Cam se rappela soudain que c'était le 4 Juillet. Elle avait promis à sa mère de participer au défilé.

– Tu ne peux pas présenter une pizza à un concours de tartes, maman, répondit Cam.

– Pourquoi ?

– Ce n'est pas une tarte. À moins que tu ajoutes du homard, ils ne connaissent que ça, ici.

– Ça tombe bien, on en a un. Excellente idée.

– Ah non ! Tu ne vas pas t'en prendre à Homère !

Asher avait peut-être raison pour ce qui était de libérer Homère.

– Va te déguiser ! rugit Perry. Le défilé commence dans une heure !

– Pendant que tu accompagneras ta sœur, je préparerai ma tarte, annonça Alicia.

– Ta pizza.

– Ma tarte à la tomate. C'est ce qu'on dit à Brooklyn.

* * *

Selon le smartphone de Cam, ils se trouvaient à sept cent soixante-cinq kilomètres de Brooklyn. En descendant la rue principale de Promise vers le cœur du rassemblement, cela semblait évident. Cam n'était jamais allée à Brooklyn, mais elle doutait qu'on y voie des plaids dans une église ou des boy-scouts vendant de la limonade, ou des courses en sac, ou des maisons gonflables, ou des acrobates juchés sur des échasses déguisés en Oncle Sam. À Brooklyn, on ne décernait pas le prix de la plus grosse fraise et les enfants ne défilaient pas sur des bicyclettes tricolores décorées de rubans rouges, blancs et bleus.

Quand ils atteignirent le restaurant de homards, Perry couina et la tira vers un personnage coiffé d'une perruque blanche. Asher portait un costume de Père fondateur, mais Cam ignorait lequel.

– Tu es qui ? demanda-t-elle.

– John Hancock, répondit Asher en agitant une plume. Il a signé la déclaration d'Indépendance.

Au même moment, la fanfare du lycée entonna une marche de John Philip Sousa et Asher la poussa sur le côté afin qu'elle ne soit pas piétinée.

Devant la fanfare, une blonde chaussée de bottes blanches à talons et d'un justaucorps pailleté rouge dansait. Un haut-de-forme blanc cachait un peu son visage, mais Cam la reconnut.

– C'est…

– Sunny, confirma Asher.

– C'est dingue. Je ne l'aurais jamais imaginée majorette.

– C'est sa mère qui la pousse. Apparemment, elle est douée et elle peut obtenir une bourse.

– Pour se trémousser ?

– Euh… oui.

– À propos de bourse, en principe, le quart arrière de l'équipe championne du Maine a le droit d'en obtenir une, il me semble ? Tu décroches ta bourse, tu épouses la capitaine des majorettes, tu fais des études de commerce, tu deviens P-DG, tu achètes une résidence à Malibu. C'est le parcours habituel d'un quart arrière champion, Asher. C'est écrit dans la bannière étoilée.

– Ouais.

– Alors ?

– Alors, tu es partante pour une chasse au trésor ? C'est moi qui m'en occupe et ça pourrait amuser ta sœur.

Il tendit à Perry une liste d'objets à trouver. Cam décida de se charger de la moitié de la liste qui commençait par un ballon vert. Elle balaya la rue du regard. Hormis quelques flamants roses qui se promenaient, tout était bleu, blanc et rouge. Tandis qu'elle se concentrait, Alec surgit et passa un bras autour de sa taille.

– Tiens, tu me connais aujourd'hui ? lâcha Cam.

– Pardon. Autumn est très – comment dire ? – jalouse.

– Et moi, je suis très – comment dire ? – révoltée. Alors tu peux retirer ta main.

– Cam, je t'en prie. Allons boire un café. Autumn est occupée. Sunny lui a demandé de porter les drapeaux de la fanfare.

– Non, Alec, je n'ai pas envie de boire un café avec toi. Je cherche un ballon vert.

En s'éloignant, Cam fut prise de vertiges. Elle avait les paumes moites et manquait d'air. Sauraient-ils qui appeler si elle mourait sur place ? Aurait-elle le temps de faire ses adieux ?

Cam pensait beaucoup à sa mort aujourd'hui. À ses poumons s'emplissant lentement de liquide. Au fait de se retrouver noyée dans son propre lit, de perdre la vue ou l'ouïe et, finalement, la faculté de rêver. De se retrouver sans amour pour l'éternité. Ça, c'était le plus triste, le plus terrifiant.

Sa respiration s'accéléra et elle perdit connaissance.

* * *

– Tu as eu une crise d'angoisse, déclara Alicia.

– Hum ? fit Cam.

– Ce n'est pas lié à ta numération sanguine. C'est la panique qui a provoqué une syncope. Le médecin va te prescrire un anxiolytique et tout ira mieux.

Cam prit soudain conscience qu'elle se trouvait dans un cabinet médical.

– Est-ce que tu as gagné avec ta pizza ? questionna-t-elle.

– Je n'ai pas eu le temps de me présenter au concours.

Près de la fenêtre, assise sur une chaise, Perry tapait un texto sur son portable. À ses pieds, des articles figurant sur la liste de la chasse au trésor débordaient d'un sac en papier : des pinces à linge, une casquette, une batte de base-ball en plastique…

– J'ai récidivé, pas vrai, Perry ?

– Quoi ? grommela sa sœur en continuant son texto.

– J'ai encore gâché un de tes projets.

– Ce n'est pas grave.

– Si. Est-ce qu'on peut au moins rentrer à la maison et manger la pizza ?

– Bien sûr, répondit Alicia. J'en ai fait en grande quantité, j'avais tellement de tomates. Tu peux même inviter des amis.

– Ha ! fit Perry. Comme si elle en avait.

Aussitôt, Asher, Sunny, Royal et Autumn entrèrent dans la pièce.

– On voulait simplement prendre de tes nouvelles, annonça Asher.

– C'est un miracle, déclara Perry en sortant son carnet. Quarante : Campbell a des amis.

– Merci, Perry, dit Cam.

– Sortons d'ici, proposa Alicia. Vous voulez goûter à ma pizza ?

* * *

La pizza était magique : pâte souple, fromage se détachant en fils minces. Et la sauce, ni trop sucrée ou salée, assaisonnée à la perfection. Alicia n'arrêtait pas de se lever pour resservir les invités.

Tous les gens que Cam connaissait étaient présents. Les élèves de sa mère, les copines de Perry et le groupe de couverture de magazine, au style négligé étudié. Elaine était également venue avec Smitty, le chef du *Casier à homards*. La réunion improvisée rappelait à Cam celles que sa famille organisait avant que tout change.

Asher avait installé une longue table sur la pelouse qui dominait la baie. Ils attendirent que les orques effectuent leur rituel de bonds parmi les vagues, puis que la nuit tombe et que le feu d'artifice commence. Celui-ci était tiré depuis le phare.

Les amies de Perry s'amusaient à tester leurs charmes sur Asher. Beau, inoffensif, Asher était idéal pour s'entraîner à draguer. Il se montrait très patient envers elles, n'hésitant pas à allumer dix fois de suite leurs chandelles magiques tandis qu'elles prétendaient avoir peur de le faire elles-mêmes.

Cam était incapable de se laisser draguer. Pour cela, il fallait être timide ou faire semblant d'être une idiote. Car c'était ce que les mecs voulaient : prouver qu'ils possédaient une intelligence supérieure à la vôtre, et l'orgueil de Cam l'empêchait de jouer à ce jeu-là. Ce qui, quand on y réfléchissait, était tout aussi stupide. Si Cam était intelligente, elle ferait mine d'être bête afin de ne pas finir seule.

Que Perry possède cette faculté la rassurait, ça lui permettait de moins s'inquiéter pour l'avenir de sa sœur.

Asher avait branché des haut-parleurs et sa mère mit la bande-son de *L'Esprit d'Aloha.* Cam mourait d'envie de danser, mais Asher l'intimidait. Finalement, elle était plus timorée qu'elle ne l'avait imaginé.

– Vas-y ! dit Alicia.

– D'accord, répondit Cam en se hissant sur ses pieds. Juste une minute.

Mais quand elle se perdit dans la musique, la minute se transforma en demi-heure et elle oublia la présence d'Asher. Elle interpréta le passage expliquant les origines de la danse hula. Pélé, la déesse des volcans, cherchant à échapper à sa sœur, la Mer. La Mer éteignant ses flammes et poussant Pélé à se réfugier au sommet de la plus haute colline, où elle trouva une habitation depuis laquelle elle pouvait s'exprimer librement. Puis Cam dansa la dernière partie, celle de la célébration.

Lorsqu'elle eut fini, elle alla se rasseoir à la table et écouta Perry exposer sa théorie à propos des licornes. Cam l'avait déjà entendue des milliers de fois. Sa théorie commençait avec l'idée qu'il existait trop de références aux dragons pour que ceux-ci soient des animaux mythiques. Quelqu'un avait dû voir un lézard volant cracher du feu.

– À l'origine, le dragon était probablement un dinosaure, expliquait-elle, face à une audience captivée. Comme le monstre du Loch Ness, qui par ailleurs n'est pas un mythe. Il y a plusieurs siècles, à un moment donné, les dinosaures ont dû parcourir la terre aux côtés des hommes. Pas tous, seulement ceux qui s'étaient réveillés après l'âge de glace, comme les iguanes après un hiver interminable. Les bêtes au sang froid peuvent se réveiller quand elles ont chaud. Ces dinosaures – ou plutôt ptérosaures puisqu'ils pouvaient voler – se sont donc réveillés, et un homme en a forcément vu un. Autrement, toutes ces histoires de dragons n'auraient jamais existé. De même que celles des licornes, et c'était à peu près à la même époque. Donc, croire aux dragons signifie croire aux licornes.

En songeant à elle-même et à sa sœur, Cam se demanda qui était Pélé et qui était la Mer. La réponse lui paraissait évidente. Sa sœur possédait une imagination en ébullition que Cam n'avait de cesse d'étouffer avec son cynisme.

– Quelle démonstration ! déclara Asher.

Cam commença à dire que Perry allait devenir une grande licornologue quand Asher la coupa :

– Je parle de la hula. Tu es vraiment douée.

La première fusée monta dans le ciel et le feu d'artifice de Promise débuta. Ridicule, comparé à ceux de Disney qu'elle avait eu l'habitude de voir tous les soirs, mais cela ne l'empêchait pas de se sentir plus heureuse ici. Elle trouva même le courage d'envoyer un texto à Lily : « J'ai passé une bonne journée. » Un message suffisamment positif pour que Lily lui réponde, espérait Cam.

CHAPITRE VINGT

– Aide-moi à le faire monter dans la remorque, ordonna Cam.

– C'est un âne, répondit Asher. Un âne bâté. Il ne va pas m'obéir au doigt et à l'œil.

– Mais si. Avance, James Madison.

Cam tira sur la corde du licol et fit claquer sa langue. L'âne recula et s'assit.

– Tu ne sais pas faire la différence entre une bourrique et un cheval blanc ? se moqua Asher. Il n'a pas vraiment un physique mythique et magique.

– James Madison ! s'indigna Cam. Tu entends ce qu'il dit ? Lève-toi et montre-lui ton physique !

James Madison demeura assis et se mit même à braire. Finalement, Cam parvint à l'extraire du corral et il fit quelques pas dans l'allée.

– Il y a des trous d'aération dans la remorque ? questionna Asher.

– On est seulement à cinq minutes de la maison, répliqua Cam en tirant sur la corde.

– C'est comme un vol, maugréa Asher. C'est gênant.

– Tu n'as jamais rien volé ? Pas même une glace dans le congélateur de la cuisine quand tu étais petit ?

– Pas que je m'en souvienne.

– C'est mignon. Nous l'empruntons, Asher. Nous le ramènerons. C'est la définition du verbe emprunter : prendre quelque chose et le rapporter. Comme un livre à la bibliothèque. Elaine est aussi bibliothécaire. Elle sait ce que ça signifie.

Cam soupira et cessa de tirer sur la corde de l'âne un instant.

– Un, on demande la permission d'emprunter, et deux, tu n'as jamais vu Elaine fâchée.

Il ramassa une branche mince et frappa la croupe de l'âne, qui avança d'un bond.

– Ça ne peut pas être pire que ma mère, déclara Cam.

* * *

Quand Cam prit le grand virage un peu trop vite, devant *Le Casier à homards*, ils entendirent des sabots déraper puis comme un bruit d'éléphant faisant des claquettes sur une poubelle métallique. Lorsque le silence se fit, le poids tracté par la voiture sembla plus léger. En jetant un œil dans le rétroviseur, Cam aperçut James Madison immobile au milieu de la route.

Le médecin lui avait recommandé de prendre un comprimé en cas d'anxiété. Au stade où elle en était, développer une dépendance aux tranquillisants ne changeait plus grand-chose. Elle prit un calmant et dit à Asher :

– Ne panique pas.

Elle manœuvra afin de reculer vers l'âne, s'arrêta et descendit du véhicule. Elle avait décidé d'enfourcher l'animal. Une fois sur son dos, Cam se pencha et lui murmura calmement de monter dans la remorque. Il se tendit, comme s'il écoutait, puis lui obéit. Cam referma les portières. Elle frappa à la paroi qui la séparait d'Asher pour lui signaler qu'ils pouvaient repartir et resta avec James Madison durant tout le trajet.

* * *

– La fille qui murmurait à l'oreille des ânes, commenta Asher. Tu devrais pouvoir te débrouiller sans moi, maintenant.

Ils avaient réussi à transférer James Madison de la remorque aux tunnels secrets des chemins de fer clandestins. Attaché à un lit métallique, l'âne se régalait de foin et de carottes. Cam essayait d'attacher un cornet de glace emballé d'une torsade en papier aluminium à son toupet, mais la corne magique continuait à tomber sur le côté.

– Je n'arrive pas à la faire tenir, maugréa-t-elle.

– Peut-être avec du ruban adhésif, suggéra-t-il. J'en ai là-haut.

Cam le suivit. Ils gravirent une rampe, franchirent la bibliothèque pivotante et débouchèrent à l'intérieur de l'ancien garage à calèches. C'était assez bien rangé pour l'habitation d'un garçon. Il avait suspendu sa veste au dossier d'une chaise au lieu de la mettre dans un placard, mais il ne s'était pas contenté de la jeter sur le canapé. Le mobilier en cuir, les tapis d'Orient et la table de billard formaient un ensemble très masculin. Asher dormait dans une mezzanine située au-dessus de la cuisine. Pendant qu'il cherchait le Scotch, Cam examina une série de photos sépia sur lesquelles figuraient les ancêtres d'Asher. Les hommes, barbus, portaient des bretelles, les dames, des robes corsetées et des chignons sages. Sur l'un des clichés, on pouvait voir une belle femme aux longs cheveux bouclés. Sa robe ample était différente de celles des autres et elle se tenait assise de profil, les yeux rivés sur ses mains. En bas du cliché, à droite, quelqu'un avait écrit *Olivia, 1896*.

Le fait qu'elle ne fixe pas le photographe exprimait une légère honte, mais elle se tenait droite, avec une grande dignité. Cam comprit aussitôt qu'il s'agissait de la femme qui avait passé plusieurs années à l'intérieur du belvédère.

Puis elle remarqua une photo d'Asher enfant avec sa mère. Vêtu d'un pull orange, il regardait à travers les barreaux bleus de l'échelle d'un toboggan tandis que sa mère l'aidait à grimper. Blonde aux yeux bruns, elle ressemblait à Elaine, en plus jolie. Ils avaient l'air heureux. Radieux. Loin de deviner que le destin allait un jour les séparer pour toujours.

– Où est ton grand-père ? questionna Cam.

– Il est décédé.

– Mais je croyais que…

– J'ai besoin de croire qu'il l'est.

– Comment se fait-il que la ville des miracles ne l'ait pas sauvé ?

– Parce qu'il l'a quittée. De même que mes parents. Ils sont morts en se rendant à Hawaï.

– Je sais.

Cam sentit de nouveau le poids du chagrin d'Asher, comme le jour où Elaine lui avait demandé d'interpréter en dansant l'histoire de cette tragédie familiale. Asher était le gardien de la maison, le gardien des souvenirs, et, hormis Elaine, l'unique survivant. Le fait qu'il veuille rester à Promise n'avait donc rien d'étonnant. Pour lui, partir devait signifier mourir.

– Tu as de sérieux problèmes d'abandon, déclara-t-elle.

– Tu crois ?

– Après une psychothérapie de plusieurs années, tu devrais pouvoir t'en sortir.

Elle lui décocha un clin d'œil.

– Et toi ? questionna Asher. Pour quelle raison es-tu venue à Promise ?

– Je suis mourante.

Appuyé au comptoir de la cuisine, Asher baissa un instant la tête et poussa un long soupir. De toute évidence, il devait avoir déjà entendu ce genre de confidence. Cam n'était pas la première condamnée à se rendre à Promise.

– C'est une mauvaise nouvelle pour mes problèmes d'abandon, dit-il.

Cam changea de sujet.

– Tu as trouvé le Scotch ? J'aimerais accomplir ce miracle au crépuscule.

Il lui tendit un rouleau de ruban adhésif.

– Tiens.

– Tu ne viens pas m'aider ?

– Il faut que je me douche. J'ai… euh… rendez-vous quelque part et je n'ai pas envie de sentir l'âne.

Cam se figea. Selon elle, le ton embarrassé d'Asher révélait qu'il avait rendez-vous avec une fille.

* * *

Le repas lui sembla interminable. Quand Alicia et Perry eurent enfin fini de manger, Cam débarrassa la table et empila les assiettes près de l'évier. Elle jeta un œil par la fenêtre afin de s'assurer que James Madison ne s'était pas évadé. À une trentaine de mètres, il était encore là, attaché à un arbre. Cam l'avait recouvert de farine et avait peint la fausse corne en blanc et doré. De loin, il ressemblait à une licorne trapue.

– Perry, dit-elle. Tu as vu tout ce qu'il y a à laver ? Ce n'est pas le moment de traînasser. Au travail.

– Qu'est-ce qui te prend ? s'enquit Alicia. D'habitude, les tâches ménagères ne te préoccupent pas.

– Selon les règles du feng shui, une pile de vaisselle sale peut bloquer la circulation de l'énergie vitale dans une pièce, répondit Cam.

– Elle a changé depuis qu'elle prend des calmants, commenta Perry.

Mais ce n'était pas lié aux anxiolytiques. Cam éprouvait un sentiment de propreté, de pureté intérieure, qui avait disparu quand les médecins s'étaient attaqués à son cancer avec leur batterie de traitements. Cela faisait si longtemps qu'elle s'efforçait de ne plus attacher d'importance à rien. Et, dorénavant, rendre sa sœur heureuse comptait.

Vingt minutes plus tard, Perry avait fini de laver les assiettes et commençait à nettoyer les casseroles. Elle n'avait toujours pas remarqué la licorne qui se tenait à la lisière des bois.

– Regarde, dit finalement Cam. Qu'est-ce que c'est ?

Perry se rapprocha de la fenêtre.

– Je ne sais pas, murmura-t-elle.

James Madison agita la tête et se mit à gratter le sol de son sabot. « Belle prestation », songea Cam. Elle le récompenserait avec des morceaux de sucre supplémentaires.

– C'est une corne ? reprit Perry. Maman !

– Va chercher ton appareil photo ! s'exclama Cam.

Pour gagner du temps, Cam l'avait caché entre les coussins du canapé du salon. Pendant que Perry regardait partout, elle se rua dehors en direction des arbres. Elle avait prévu d'entraîner l'âne à la plage en passant par le tunnel.

James Madison était maintenant habitué aux déplacements et trottait presque. Il semblait content d'avoir quelque chose à faire hors du périmètre de son corral.

– Tu vois, bourrique, la vie est plus drôle quand tu acceptes de coopérer, lui dit-elle.

Elle le laissa sur les rochers, au bout de la jetée, et lui donna deux pommes ainsi qu'un morceau de sucre. Avant de regagner la maison, elle le contempla un instant. Sa corne dorée scintillait et il regardait la mer, comme à la recherche de ses ancêtres disparus. Il paraissait à la fois fier et triste. L'eau éclaboussait délicatement ses sabots et les couleurs du soleil couchant formaient une toile de fond idéale. Le tableau était parfait, conforme aux posters ringards de Perry. Il ne manquait plus qu'un arc-en-ciel.

– Je l'ai aperçue sur la plage ! cria Cam à son retour.

Son appareil photo à la main, Perry s'élança sur la pelouse et s'arrêta au bord du promontoire rocheux. La lumière avait baissé, et on distinguait uniquement une vague silhouette.

– C'est dingue ! s'exclama Perry en mitraillant James Madison. Je t'avais dit qu'elles existaient !

Cam sourit. Puis elle vit que la marée éclaboussait maintenant les genoux de la fausse licorne. James Madison se cabra, agita les pattes avant et se jeta dans les vagues sombres de la baie.

CHAPITRE VINGT ET UN

Cam filait vers le sentier qui menait à la plage quand Asher sortit de chez lui. Vêtu d'un jean blanc et de sandales en cuir, il sentait le citron vert.

– Asher ! supplia Cam. J'ai besoin d'un coup de main.

– Aide-moi. Ne m'aide pas. Tes messages ne sont pas clairs.

– Viens voir ! insista Cam, et elle lui montra la baie.

James Madison regagnait lentement le rivage. Grâce au miracle du ruban adhésif, sa corne tenait encore.

– Incroyable, murmura Asher. Les ânes savent nager ?

– Comment veux-tu que je le sache ?

– C'est toi qui murmures à l'oreille des bourriques.

Ensemble, ils descendirent le chemin escarpé. Cam dérapa et faillit tomber. Arrivée en bas, elle fit quelques pas sur le sol plat et rocheux. Elle s'avança dans l'eau glacée et plongea au centre d'une grosse vague qui la déporta dangereusement vers les rochers de la jetée. Elle nagea en direction de James Madison et saisit la corde de son licol.

– Ne te mets pas devant ses sabots ! hurla Asher qui pataugeait dans l'eau.

Cam guida l'âne jusqu'au rivage, où il s'ébroua comme un chien mouillé. Sa corne pendouillait sur son œil droit.

– C'était très sexy, commenta Asher.

– Ne te moque pas, répliqua Cam essoufflée.

Elle suivit le regard d'Asher et aperçut Perry et Alicia qui descendaient vers la plage.

– Je t'avais prévenue, dit Asher. Je vais vous laisser entre vous. Sésame, ouvre-toi.

Un pan de falaise s'ouvrit et il disparut dans les entrailles de la terre.

– Bonne chance, lança-t-il avant que la paroi rocheuse se referme.

– Merci, c'est vraiment sympa, rétorqua Cam en grelottant.

– Campbell, qu'est-ce qui se passe ? s'enquit Alicia en s'approchant.

Elle l'enveloppa dans une serviette et la réchauffa de la même façon qu'elle le faisait quand Cam était enfant.

– Rien.

James Madison leva la tête et se mit à braire. La corne se baladait de gauche à droite. De larges taches de farine décoraient son pelage sombre.

– Je n'étais pas sûre que les licornes sachent nager, reprit Cam. J'ai voulu la sauver.

– C'est un âne, répondit sa mère.

Les bras croisés contre sa poitrine, Perry traçait des cercles dans le sable avec la pointe de sa tennis.

– Vraiment ? fit Cam. Comme c'est étrange. C'est peut-être magique. L'eau a changé la licorne en âne ! C'est incroyable, tu ne trouves pas, Perry ?

Perry se détourna vers la falaise et sortit son portable.

– Laisse tomber, dit-elle. Il n'y a pas de licorne. C'est une mauvaise blague de ma sœur.

Cam regarda Alicia.

– Je voulais simplement…

– Tu voulais quoi ?

– Vous aider à croire aux miracles puisque ça vous rend heureuses.

Alicia la dévisagea froidement.

– Mais toi, tu n'y crois pas car tu t'estimes supérieure à nous.

– Je ne m'estime pas supérieure…

– C'était gentil de ta part, coupa sa mère d'un ton sec. Merci.

Quand elle la regardait ainsi, Cam se sentait seule et abandonnée.

– On devrait peut-être t'emmener voir ce psy que le médecin nous a recommandé après ta crise d'angoisse, reprit Alicia. Tu ne laisses aucune chance à rien.

– C'est moi qui devrais aller voir un psy alors que c'est vous qui croyez aux licornes et aux plants de tomate magiques ?

– Les tomates, c'était aussi toi ?

– Je pensais que tu avais compris, bredouilla Cam.

Elle resserra la serviette autour de ses épaules. Le soleil se couchait à l'horizon, la température baissait. La marée continuait à monter et l'écume des vagues creusait le sable sous ses tennis.

– Cam ?

– Oui ?

– J'avais espéré que… Non, rien.

– Que quoi ? demanda Cam.

– Que ce voyage t'enseignerait à baisser la garde. À faire confiance aux mystères de l'Univers.

– Je ne peux pas avoir confiance en ces mystères. Si des forces occultes existent, alors elles me détestent. J'étais une gamine grassouillette dont les parents ont divorcé, dont le père est mort d'un cancer et qui ne va pas tarder à mourir elle-même.

– Dommage que tu sois aussi fermée, soupira Alicia.

Elle jeta un œil sur James Madison et ajouta :

– Tu devrais ramener cet âne chez lui avant qu'il n'attrape une pneumonie.

– Je voulais simplement vous aider, répéta Cam.

– On aurait pu s'en passer, répliqua Alicia.

Elle passa son bras autour des épaules de Perry et elles gravirent le sentier qui menait à la maison, laissant Cam frissonner de froid sur la plage.

* * *

Malgré trois couvertures, un tapis oriental, un cache-oreilles et une écharpe, James Madison tremblait encore comme une feuille quand elle arriva chez Elaine. Cam songea d'abord à le laisser dans son corral, puis sa conscience prit le dessus et elle pénétra chez la vétérinaire. Des bottes et des vestes à carreaux en flanelle encombraient l'entrée.

– Elaine ?

– Bonsoir, Campbell.

Installée dans un fauteuil du salon, Elaine lisait un roman d'amour. Elle retira ses lunettes et les laissa pendre sur sa poitrine de matrone.

– Je n'aurais jamais imaginé que vous aimiez ce genre de livres, déclara Cam.

– Nous avons tous nos vices.

– À propos de vices…

– Oui ?

– Je vous ai emprunté quelque chose, aujourd'hui.

– Tant que vous le rapportez, cela ne me dérange pas. C'était quoi ?

– James Madison, avoua Cam.

– L'âne ?

Cam acquiesça d'un signe de tête.

– Et il a eu une dure journée, confia-t-elle.

– C'est-à-dire ?

– Il s'est baigné dans l'océan et il a l'air gelé.

– Pourquoi vous l'avez emmené à la… Où est-il ?

Cam alla chercher l'âne et l'entraîna dans la salle du cabinet médical.

– Il faut le réchauffer, déclara Elaine en se précipitant pour changer ses couvertures. Il y a des appareils de chauffage électrique dans le garage. Apportez-les-moi.

– On pourrait peut-être aussi utiliser un séchoir à cheveux ? suggéra Cam.

– Bonne idée. Il y en a un sous le lavabo de la salle de bains.

Quelques instants plus tard, Cam séchait la crinière de l'âne tandis qu'Elaine prenait sa température et lui examinait les yeux, essayant de déterminer si James Madison souffrait d'hypothermie.

– Je suis vraiment déçue, Campbell.

– Pardon.

– Les vétérinaires suivent le même précepte que les médecins, au cas où vous ne le sauriez pas.

– *Primum non nocere*, « D'abord ne pas nuire ».

Cam était au courant. En traitant le cancer, c'était la première chose qu'ils ne respectaient pas. Ils s'acharnaient sur la tumeur, méprisant totalement le reste de vos cellules saines. Souvent, le traitement achevait le patient avant que la maladie ne s'en charge. Au moins, ce voyage à Promise lui avait permis de ne pas passer l'été à se faire empoisonner par des oncologues bien intentionnés.

– C'est une règle simple, insista Elaine tout en inspectant les gencives de son âne.

– Je ne voulais pas lui nuire, se défendit Cam. La situation m'a échappé.

Elle éteignit le séchoir à cheveux et étendit une couverture en laine sèche sur le dos de James Madison.

– Cela prouve que vous manquez de discernement, asséna la vétérinaire. Je devrais vous renvoyer.

L'âne frotta sa tête contre Elaine.

– Ne t'inquiète pas, mon garçon. Ça va aller. Qu'est-ce que c'est que ces taches de pâte collante ?

– De la farine, marmonna Cam.

– Vous avez saupoudré mon âne de farine ?

– Au départ, j'avais pensé le peindre à la bombe.

Elaine poussa un long soupir.

– Je vais pouvoir me débrouiller seule, maintenant. Vous pouvez partir.

Cam regagna son véhicule en se demandant si elle venait d'être virée. Échouer à ce point ne lui était jamais arrivé. « J'ai quand même été acceptée à Harvard », se dit-elle pour tenter de se remonter le moral. Cela n'effaça pas son sentiment d'humiliation.

Elle savait qu'il lui restait peu de temps à vivre, mais elle se figura en train de disparaître. D'abord les pieds, puis les jambes, le ventre, la poitrine, les épaules, les bras, le cou et la tête. Elle imagina qu'il ne restait plus que ses vêtements, lesquels, tout seuls, faisaient reculer sa voiture sur le parking.

CHAPITRE VINGT-DEUX

Cam regagna la maison d'Avalon et détacha la remorque de Cumulus. Elle ne voulait pas entrer dans la maison. Elle n'y était pas la bienvenue. Quel retournement. En essayant de faire plaisir, elle s'était mis tout le monde à dos.

Elle saisit son portable et composa le numéro de son père. Quand elle se sentait seule, elle lui téléphonait. « Aloha, répondait la voix tonitruante de la messagerie. Je ne suis pas là. En mon absence… »

Cam avait secrètement continué de payer l'abonnement de son père afin de pouvoir l'appeler de temps en temps et entendre sa voix. C'était toujours quand elle avait envie de pleurer. Et elle pleurait, à présent, déplorant qu'il soit mort et se demandant si elle avait eu un cancer à cause de lui. Parce qu'il ne supportait pas qu'elle puisse vivre sur terre sans sa présence. Il pouvait se montrer très possessif.

Quand ses larmes eurent séché et qu'elle put distinguer quelque chose à travers le pare-brise, elle repartit vers le nord, en direction de l'école. Elle n'avait pas eu de nouvelles des flamants roses depuis la fête du 4 Juillet, et elle voulait voir s'ils étaient encore là. Si Buddy, le bébé du groupe, avait des plumes et des pattes plus longues.

Perché sur un monticule que sa mère avait construit, Buddy ne bougeait pas.

Cam l'observait depuis la barrière de bois.

– Bonjour, Buddy, dit-elle.

Il battit des ailes.

Autour de lui, les flamants dormaient, le bec enfoui sous les plumes, leurs pattes invisibles dans la pénombre. C'était peut-être de ça que Cam avait besoin. Après une nuit de sommeil, tout irait mieux.

Quand elle regagna le parking, elle remarqua une Jeep arrêtée. À l'intérieur, une femme d'une trentaine d'années avec des cheveux blonds coupés au carré et des ongles rouges regardait un homme en lui passant la main dans les cheveux. Son autre main, la droite, reposait sur les genoux de son compagnon.

« Asher », se dit Cam. Pourquoi fallait-il qu'elle ait toujours raison ? Pourquoi fallait-il que les gens soient aussi prévisibles ?

Asher tourna la tête et regarda Cam à travers la vitre. Elle croisa un instant son regard, puis il ferma lentement les paupières et l'ignora. Comme si elle était déjà morte.

Cam remonta dans sa voiture et prit son portable pour appeler Lily. Elle voulait que quelqu'un reconnaisse son existence. Elle tomba sur la boîte vocale. Elle envoya un texto et attendit la réponse. Au bout de dix minutes, elle décida d'appeler les parents de Lily, même si c'était s'avouer vaincue.

À la sixième sonnerie, Kathy décrocha.

– Allô ?

– Pardon d'appeler si tard.

– Cayum ?

– Oui, c'est moi. J'aurais voulu parler à Lily.

Cam ferma les yeux et appuya son front contre sa main. Elle essayait d'effacer l'image d'Asher et de la blonde de son esprit.

– Mon Dieu, soupira Kathy.

Puis elle se tut.

– Allô ? fit Cam.

En rouvrant les yeux, elle aperçut la baie sombre à sa gauche. Le faisceau lumineux du phare balayait l'océan comme s'il recherchait des fugitifs. À sa droite, les flamants roses somnolaient.

– Campbell, murmura Kathy.

– Oui.

– On voulait te prévenir.

– De quoi ?

– Lily est morte il y a trois jours.

Une mite fantomatique voletait dans la lumière des phares de Cumulus. Un flamant rêvait à voix haute.

– Campbell ? reprit Kathy. Je suis désolée de ne pas t'avoir appelée. C'est très douloureux d'avoir à l'annoncer.

Cam ne répondit rien.

– Où es-tu, ma chérie ? Chez toi ? Ta mère est là ? Je peux lui parler ?

– Non, elle n'est pas là, répondit Cam.

Elle lâcha son portable sur le siège du passager. Elle se sentait partir à la dérive, flotter, se muer en éther, ne devenir plus qu'une idée.

Elle en avait sa dose. De tout.

CHAPITRE VINGT-TROIS

Cam avait suffisamment de soda pour avaler dix-sept comprimés minuscules. Afin de faire fonctionner l'assurance et entraîner sa voiture avec elle au royaume de l'oubli, elle allait rouler dans le vide après avoir décollé de la falaise.

Ce serait parfait. Comme dans *Thelma et Louise*. La lune était pleine. Elle devait commencer à conduire avant que les médicaments fassent effet et qu'elle perde le contrôle d'elle-même.

Ses bras et ses mains lui semblaient lourds sur le volant. L'extrémité de ses doigts picotait et elle avait les dents anesthésiées. Elle parvint à effectuer une marche arrière pour sortir du parking et prit la route du phare d'Archibald.

Pour rester éveillée, elle se concentrait sur le mouvement circulaire du faisceau lumineux. Elle se redressait dès que le faisceau passait sur son visage. L'éclat de la pleine lune illuminait la route et elle baissa sa vitre, laissant entrer une brise fraîche. Elle aurait aimé que la voiture qui la suivait mette ses phares en veilleuse. Elle tenta de réveiller son conducteur en prenant des virages serrés sans mettre son clignotant, mais les faisceaux aveuglants continuaient à la pourchasser. Elle se sentait fatiguée, à bout de forces. Elle accéléra.

La route finissait dans le parking du terrain de jeux. Elle roula sur l'herbe, écrasant les stupides pissenlits mauves en traversant la pelouse jusqu'au sommet de la colline, où elle s'arrêta, à quelques mètres de la falaise.

Elle pouvait entendre les vagues se fracasser sur les rochers. Les yeux clos, les mains sur le volant, elle déclara :

– Je t'aime, Cumulus. N'essaie pas de me sauver en volant.

Puis elle appuya sur l'accélérateur.

– Merci, ajouta-t-elle.

Son véhicule semblait sur le point de décoller. Durant dix secondes, elle n'entendit que le bruit du vent, puis quelque chose éclata et elle perçut un bruit d'air. Elle se demanda si c'était la vie qui se retirait d'elle ou s'il s'agissait du son des vagues. Derrière ses paupières closes, elle sentait la lumière du phare qui passait par intermittence sur son visage. Elle attendit que celle-ci lui révèle le fameux tunnel et la lumière éblouissante de l'au-delà.

Puis elle se rendit compte qu'on l'appelait.

* * *

Elle se réveilla dans une flaque de vomi de soda.

– Qui est le génie qui m'a fait vomir ? s'enquit-elle.

– Moi, répondit Asher. J'ai vu que le flacon de comprimés était vide.

– Asher à la rescousse, marmonna Cam. Tu as pensé à tourner ma tête sur le côté ?

– Bien sûr. J'ai fait du secourisme.

– Où est la blondasse ? questionna-t-elle, se remémorant soudain où elle avait vu Asher pour la dernière fois.

– Chez elle, répondit-il en saisissant le petit poignet de Cam.

Il cherchait à lui prendre le pouls. Elle essaya de retirer sa main.

– Je peux le faire moi-même.

Impossible de soulever son bras.

– Détends-toi, dit Asher.

Quand il plaqua les doigts contre son poignet, un picotement la traversa. Elle reposa sa tête sur l'herbe fraîche et contempla la nuit. Elle cligna des yeux et vit un arc-en-ciel se détacher sur le ciel noir. Les couleurs vibrèrent d'intensité durant une minute avant de s'estomper lentement en tons pastel.

– Tu as vu ? dit-elle à Asher.

– Quoi ?

Elle était contente qu'il ne l'ait pas vu. C'était une expérience personnelle. Un message de Lily.

– Rien. Qu'est-ce qui m'est arrivé ?

Elle se sentait cotonneuse, mais ça allait. Elle ne s'était brisé aucun os. Elle était vivante.

– Tu as percuté un château gonflable, informa Asher.

– Un château gonflable ?

– Installé pour le 4 Juillet.

– Et c'est ça qui m'a sauvée.

– Ça et ta ceinture de sécurité, précisa Asher. Tu devais encore avoir une lueur d'espoir, autrement tu ne l'aurais pas attachée.

– L'espoir trouve en lui-même sa propre récompense.

– Quoi ?

– C'est ce qu'on m'a dit, un jour.

– L'ambulance va bientôt arriver.

– C'est vraiment nécessaire ? questionna Cam.

Elle pouvait de nouveau entendre les vagues et le chant des cigales. L'arc-en-ciel nocturne avait disparu. Sa vision redevenait nette.

– Ils vont probablement te faire un lavage d'estomac, dit Asher.

– Je ne veux pas qu'on me lave l'estomac, répliqua-t-elle en se redressant pour vomir sur l'herbe. J'ai gâché la soirée de tout le monde, j'imagine.

Elle s'assit et contempla les dégâts. Du château gonflable orange, rouge et jaune, il ne demeurait plus qu'une tour rayée qui s'agitait au vent. Le reste gisait aplati comme un gigantesque ballon dégonflé. Cumulus se tenait au milieu.

– Heureusement qu'il n'y avait personne dedans, déclara-t-elle, et elle s'endormit.

* * *

L'hôpital de Promise était un petit bâtiment carré avec du linoléum doré, des murs en parpaings verts, des infirmières portant encore un uniforme rétro composé d'une coiffe, d'une robe et de chaussures blanches. Cam avait l'impression de se trouver au début des années soixante. Sa mère et Perry étaient installées dans les chaises en plastique gris de sa chambre. Elles lui avaient apporté Pilly, un coussin en satin représentant un avion que sa grand-mère lui avait cousu quand elle était bébé.

– Ça va aller, assura-t-elle. On peut partir ?

Elle avait du mal à avaler à cause du tube qu'on lui avait enfoncé dans la gorge pour lui nettoyer l'estomac.

– On devrait en parler, répondit un petit homme assis à droite de son lit.

Il tenait un carnet jaune. Il n'était pas rasé et tripotait nerveusement son stylo. Cam venait juste de remarquer sa présence.

– Vous n'avez pas prévenu ce bouffon ? demanda Cam à Alicia et Perry.

Celles-ci haussèrent les épaules et reprirent leur tâche : Perry tapait un texto, Alicia tricotait.

– Tu dois lui parler, rétorqua Alicia sans lever le nez. Autrement, ils ne te laisseront pas sortir.

– C'est vrai ? demanda Cam au psychiatre. Et ne me répondez pas par une question.

S'apprêtant à s'exprimer, le médecin se ravisa.

– Voulez-vous savoir ce qui est arrivé à mon précédent psy ou êtes-vous prêt à signer ces papiers pour me faciliter les choses ? reprit Cam.

À la clinique Saint Jude, elle allait voir le même psychiatre que Lily. Un type du genre matheux, dénommé Roger. Elle avait découvert en effectuant une recherche sur la Toile qu'il avait été champion de Rubik's Cube en 1986. Elles le torturaient toutes deux en lui contant les détails intimes de rêves érotiques inventés. Le psychiatre avait compris leur jeu quand Lily avait inclus un Rubik's Cube dans un de ses rêves.

– Vous me menacez ? répondit le nouveau psychiatre.

– Ça fait quel effet ? questionna Cam d'un ton détaché, les yeux rivés sur le téléviseur tandis qu'elle changeait de chaîne. La Roue de la Fortune commençait.

Elle trouva la réponse de l'énigme.

– Vous jouez la comédie, reprit le psychiatre.

– Vous croyez que les coïncidences sont de simples coïncidences ou qu'il faut y prêter attention ?

– Et vous ?

– J'étais sûre que vous alliez répondre ça. Maman ? Aide-moi. Tire-moi des griffes de cet homme… sympathique.

– J'aime bien te voir souffrir, Campbell, déclara Alicia.

– Pourquoi ?

– Pourquoi ? Tu oses me demander pourquoi ? Campbell Maria Cooper…

Sa voix se brisa et elle secoua la tête.

– Je t'en prie, ne pleure pas, dit Cam.

Quand sa mère sanglotait, c'était contagieux à cause du cordon ombilical émotionnel qui les reliait l'une à l'autre.

– Campbell, je ne t'ai jamais abandonnée, déclara Alicia.

– C'est vrai.

– Quoi qu'il soit arrivé.

– Je sais.

– C'est comme si tu étais mon cœur, battant à l'extérieur de mon corps.

– Et moi, je suis quoi ? questionna Perry. Ton foie ?

– Non, répondit Alicia. Tu es mon deuxième cœur.

Alicia posa son tricot et se leva.

– Hier soir, tu m'as laissée tomber, Cam. Tu as tout laissé tomber. Tu m'as brisé le cœur. Comment as-tu pu nous faire une chose pareille ?

– Ce n'était pas contre vous, maman. Je suis désolée. J'avais attaché ma ceinture.

– Fantastique. Merci, Campbell. Docteur Zimquist, je pense que tout va bien puisqu'elle avait mis sa ceinture.

Sa mère riait à travers ses larmes et étreignit Cam.

– Lily, sanglota Cam.

– Je sais, ma chérie, je sais.

Perry se joignit à elles. Après un moment, Alicia se dégagea.

– Docteur Zimquist, ma fille n'a pas le temps de faire des années de psychothérapie. Pourriez-vous l'autoriser à sortir, s'il vous plaît ?

CHAPITRE VINGT-QUATRE

On lui avait fait subir des lavages d'estomac pendant deux jours et l'expérience l'avait épuisée. Elle en avait vu de toutes les couleurs depuis qu'elle était arrivée à Promise, mais après cet épisode elle était devenue pâle et frêle.

Assise sur son lit recouvert de sept couvertures, Cam regardait *La Mélodie du bonheur* sur son ordinateur portable. Les gens qui la connaissaient (Lily et… Lily n'en faisait plus partie) étaient toujours étonnés que ça soit un de ses films préférés.

Bien sûr, elle aimait mieux d'autres films : *Chinatown, Ghost World, Bêtes de scène, Macadam Cowboy, Citizen Kane, Du soleil plein la tête*… Ou même des comédies musicales : *Un Américain à Paris*, par exemple. Ou *Dirty Dancing* (que l'âme de Patrick Swayze repose en paix). Mais *La Mélodie du bonheur* était celui dans lequel elle se réfugiait le plus souvent pour se couper du monde, ralentir les choses et recommencer. C'était lié à la manière dont la tristesse filtrait sous les mélodies pleines d'espoir. Selon Cam, la tristesse était présente tout au long de l'histoire. Même à la fin, quand ils traversent les Alpes vers leur liberté et que Christopher Plummer porte Gretl sur son dos. Ce moment est imprégné du chagrin de quitter définitivement leur pays natal.

Cam l'avait visionné deux cent cinquante-sept fois.

Elle tira sur la septième couverture pour se couvrir la gorge et cacha ses mains glacées à l'intérieur de ses manches. « L'espoir et la peine peuvent peut-être coexister », songea Cam. Elle pouvait espérer qu'elle avait besoin d'être triste. Qu'elle n'était pas obligée de sacrifier l'un ou l'autre. On pouvait être à la fois triste et empli d'espoir à chaque moment de sa vie.

Julie Andrews entonna la chanson du *Pâtre solitaire* et son innocence conquit le capitaine, qui s'empara de la guitare de Liesl pour chanter *Edelweiss*. C'était le passage préféré de Lily – avec celui où la baronne Schraeder tente de réprimer un adieu larmoyant depuis le balcon. Cam et Lily adoraient la baronne et avaient baptisé leur groupe de punk rock imaginaire d'après son nom.

Savoir Lily morte dévastait Cam. C'était comme si on avait aspiré son âme.

Elle n'avait même pas eu le temps de lui dire adieu.

Elle se remémora l'arc-en-ciel nocturne. Elle s'était dit que c'était un signe, un message de Lily pour lui confier que tout irait bien. Mais Cam pensait également que ce pouvait être une hallucination liée aux médicaments. Pourtant, il lui avait semblé si réel. Et cela correspondait exactement à la description que Lily avait faite de ce qu'elle verrait en mourant. Un arc-en-ciel jaillissant des ténèbres…

Cam eut soudain le sentiment que son amie était proche d'elle. Plus qu'elle ne l'avait été de son vivant. Cam pouvait presque sentir sa présence sur le lit, à côté d'elle. Et cela la rassurait, lui redonnait espoir.

« Le fait de penser aux gens empêche peut-être ces derniers de disparaître, se dit Cam. Après tout, les pensées sont de l'énergie, l'énergie est de la matière ($E = mc^2$) et la matière ne disparaît jamais, donc, tant qu'on pense à quelqu'un, cette personne ne peut pas nous abandonner. Tout ce qu'on a partagé avec un autre continue d'exister dans l'Univers. » Cam reconnut que l'amour existait. Et perdurait.

* * *

Elle avait besoin d'air. Elle sortit sur la terrasse et s'approcha du télescope. Il était presque onze heures, elle le braqua sur le quai situé derrière *Le Casier à homards*, où Smitty, le chef, s'apprêtait à prendre son bain quotidien. Chaque jour, vêtu d'un caleçon bleu, il émergeait de la porte de derrière du restaurant et, les mains posées sur son gros ventre velu, marchait vers l'extrémité du quai. Il plongeait, nageait jusqu'à une bouée et revenait. Quand il se hissait hors de l'eau, son ventre rentré le faisait paraître plus mince.

Elle orienta le télescope vers le cimetière situé sur le versant de la colline. Des tombes grises pointaient du sol comme des langues pétrifiées. *Zenobia Drake McClellan, 1895-1995 ; Allastair Dubois, 1907-2007 ; Amanda Hawthorne, 1887-1987*. À l'exception de *Lisa et Thomas Whittier, 1955-1994*, tous les bien-aimés frères, sœurs, mères, pères du cimetière de Promise avaient vécu cent ans. Cam trouvait quand même cet endroit étrange. Pas enchanté, mais bizarre.

– C'est le facteur ! brailla Perry.

Elle avait reçu l'ordre de laisser Cam tranquille et, au lieu de gravir les marches de l'escalier en colimaçon, elle lança une enveloppe qui atterrit sur la marche du haut.

Cam la ramassa. Elle ne reconnut pas l'écriture de l'expéditeur. Personne ne connaissait son adresse. Elle ouvrit l'enveloppe. Un cadre blanc tomba sur le lit. Il contenait une photo de Cam et Lily prise à Saint Jude. Elles jouaient au Risk, conquérant le monde depuis leur chambre d'hôpital. En toile de fond, on pouvait distinguer des perfusions et leurs bras étaient criblés de points bleus, mais elles souriaient. Chauves, elles ressemblaient presque à des sœurs.

Lily avait transformé le cadre en y collant des cœurs argentés. Elle savait combien Cam détestait tout ce qui était lamé ou pailleté. C'était un geste d'amour.

Cam sortit ensuite une bande dessinée. Pas n'importe laquelle : *Chimio Lily et Boule à Zéro prennent d'assaut Manhattan*. Cam secoua le paquet et une enveloppe s'en échappa. Elle contempla l'écriture tremblante de Lily.

Impossible de l'ouvrir. Elle attendrait un autre moment. Elle se rallongea sous les couvertures, encerclée par son courrier miraculeux.

* * *

Cam transporta son seau jaune à la plage. C'était un seau qui avait contenu de l'enduit et qui servait d'instrument de percussion à certains gosses des villes. Elle le retourna afin de s'asseoir dessus, croisa les jambes et ferma sa veste à capuche tandis que le vent soufflait.

Elle s'habituait au sable et au sel. L'air marin rendait ses cheveux luisants et épais depuis qu'elle ne les tondait plus. Ils avaient poussé vite, incroyablement vite, et lui arrivaient à mi-nuque. Elle avait la peau propre, et le climat lui convenait mieux que l'humidité d'un marécage. Ici, c'était comme un état d'exfoliation constante.

Cam sortit la Liste Flamant Rose de sa poche. Après le décès de Lily, il lui avait semblé approprié de dresser l'inventaire des accomplissements de sa brève vie :

• Perdre ma virginité pendant une fête de lycéens bien arrosée. Coché.

• Me faire briser le cœur par un sale type. Coché.

• Me morfondre misérablement, pleurer, bouder et dormir durant un samedi entier. Coché.

• Passer un moment gênant avec le petit copain de ma meilleure amie. Coché.

• Me faire virer d'un boulot d'été. Coché.

• Faire tomber une vache qui dort debout. (Ce qui s'était passé avec l'âne était proche.)

• Détruire les rêves de ma petite sœur. Coché.

• Épier quelqu'un à son insu. Coché.

• Commettre des vols à l'étalage minables. Coché.

Elle faillit éclater de rire. Sans même essayer, elle avait accompli chaque vœu ridicule. Cam hésitait entre le rire et la honte. Si elle avait su que la liste marcherait, elle aurait placé la barre plus haut. Que se serait-il produit si elle avait écrit « Supprimer la faim dans le monde » ou « Stopper le changement climatique » ? Elle avait réussi à accomplir son but : devenir une adolescente normale et misérable. Elle était contente que Lily n'ait pas vu cette liste.

– Bonjour ! dit Asher.

Cam sursauta.

– Bon sang ! Il faudrait accrocher une clochette à ton collier.

– Désolé. Comment ça va ?

Asher portait un jean kaki et une chemise bleu marine.

– Je n'ai pas bougé, répondit Cam.

– Qu'est-ce que c'est ? questionna-t-il en pointant la liste.

– Rien. Mes activités.

Elle fourra la liste dans sa poche et piqua un fard. Elle n'avait pas encore eu l'occasion de remercier Asher de lui avoir sauvé la vie.

– À propos de l'autre soir, commença-t-il.

– Oui. Merci. Merci mille fois, dit Cam sans le moindre sarcasme.

Un grand voilier traversait la baie devant eux. Elle contempla ses voiles gonflées par le vent. Elle n'arrivait pas à regarder Asher.

– Ce n'était rien. J'ai réglé ça en une journée de boulot.

– Rien pour qui ? Pour un superhéros ? C'est vrai que j'aurais dû faire le lien : la caverne des chauves-souris, les exploits pour me secourir…

– Tu m'as fait peur, Cam, dit Asher.

Des vagues créées par un bateau de pêcheur atteignaient le rivage.

– Tu n'as pas été obligé de me faire du bouche-à-bouche ? questionna Cam.

Asher secoua la tête.

– Heureusement, dit-elle. Ça aurait été vraiment dégoûtant.

Asher sourit.

– Tu n'as pas essayé de te suicider à cause de… de ce que tu as vu sur le parking ?

Cam pouffa.

– Non, tu peux occuper ton temps libre comme tu veux, Batman. Ne te jette pas de fleurs.

– C'était une situation gênante, tu comprends…

– Vraiment ? Je ne veux pas le savoir. Tu ne pourras jamais rien faire qui puisse me pousser à me jeter d'une falaise.

– Je compte si peu pour toi ? plaisanta-t-il.

Asher ramassa un galet et le fit ricocher cinq fois sur l'océan.

– Ma meilleure amie est morte et nous avions la même maladie, déclara Cam en regardant la mer.

Ils écoutèrent un instant le bruit du ressac.

– Je suis désolé, Cam, dit-il enfin, et elle le dévisagea.

– Tu ne vaux toujours pas la peine qu'on se suicide pour toi, déclara Cam.

– Rien n'en vaut la peine.

– Je regrette que tu aies été le témoin de ça.

Elle se leva et saisit son seau.

– Je dois apporter de l'eau de mer à mon homard.

Sur le chemin du retour, elle le laissa porter le seau. Quand ils arrivèrent près de l'aquarium, Homère fila vers le haut, comme s'il voulait s'échapper.

– On devrait le relâcher, murmura Cam.

Asher acquiesça.

– Il est trop seul, ici.

* * *

Ils emmenèrent Homère à la plage et se dirigèrent vers la jetée. Le soleil chauffait encore et une brise fraîche soufflait. Tandis que les vagues s'écrasaient contre la digue, une brume salée se formait autour d'eux. Cam glissa sur un rocher mouillé, mais Asher la rattrapa.

Quand ils arrivèrent au bout, à l'endroit depuis lequel James Madison avait plongé comme une licorne, ils sortirent Homère de son seau et le soulevèrent dans les airs pour lui offrir une vue panoramique des lieux.

– On devrait le baguer avec ton bracelet, proposa Cam. Comme ça les pêcheurs, en voyant l'inscription *Liberté*, le relâcheraient.

– Bonne idée.

Asher enroula deux fois son bracelet en plastique à la naissance de la pince.

Cam embrassa Homère et Asher le lança loin au-dessus des vagues. Il tournoya comme un Frisbee puis chuta et fut englouti par l'océan.

Cam remarqua qu'Asher la tenait par la main.

CHAPITRE VINGT-CINQ

Au lieu de solliciter Perry pour une partie d'échecs ou de vaquer à ses travaux de bricolage quotidien, la première chose qu'Asher fit en entrant fut de demander à Cam si elle voulait aller faire un tour.

– Où ? répondit-elle depuis sa chambre.

– Dans le coin. Je ne t'ai pas encore fait visiter Promise, je crois.

Il était au pied de l'escalier et ne pouvait pas la voir. Elle effectua donc une petite danse de joie avant de lancer :

– Je ne sais pas. J'ai pas mal de choses à faire.

– Très bien. À plus tard, alors.

Cam se rua dans l'escalier en colimaçon et s'arrêta à mi-chemin. Asher n'avait pas bougé. Les bras croisés, un petit sourire aux lèvres, il déclara :

– Je savais que tu bluffais.

– Je vois. Je descends dans cinq minutes.

– Ça marche.

* * *

Asher fit découvrir à Cam plusieurs endroits, dont le cimetière indien ensorcelé, la forêt appalachienne et le Stonehenge de Promise, où trois menhirs se tenaient en équilibre précaire. Dans la librairie de la ville, ils parcoururent les bandes dessinées. Chez un antiquaire, Asher lui acheta un casier à homards rose.

Quand ils furent de nouveau dans la Jeep d'Asher, Cam eut enfin le courage de le questionner :

– Cette femme qui était avec toi dans la voiture...

– Je croyais que tu ne t'intéressais pas à ce que je faisais de mon temps libre.

Au volant de la Jeep, il roulait sur une route sinueuse qui traversait un marais salant.

– C'était hier. Aujourd'hui, c'est différent, dit Cam.

– Ce n'était rien.

– Vraiment ? Je n'aurais pas cru.

– C'est fini, déclara-t-il en la dévisageant d'un air grave.

– C'est bon à savoir, dit-elle.

La route se finissait en impasse au bord d'une autre péninsule rocheuse. Un petit restaurant surplombait l'océan. Cam commanda du poisson frit et Asher des palourdes. Assis l'un en face de l'autre, ils faisaient mine d'ignorer que leurs pieds se touchaient.

– Tu n'as jamais mangé de palourdes ? questionna Asher.

– Je n'ai jamais eu suffisamment faim pour songer à en manger.

– Elles sont bonnes, assura Asher en pressant quelques gouttes de citron sur un coquillage luisant qu'il engloutit.

– Je veux bien te croire, répondit Cam.

– Allez, dit Asher. Juste une.

Elle saisit la palourde qu'il lui tendait, ferma les yeux et avala le contenu de la coquille. Un délice. Froid, salé et un peu sucré.

Sur le chemin du retour, il laissa sa main droite posée sur celle de Cam. Elle sentit un courant la traverser et reconnut la sensation que Lily avait décrite à propos de Ryan, quand on sait que quelqu'un vous aime.

* * *

Cam décida de ranger le casier rose au sous-sol et Asher la suivit. Elle le déposa sur une étagère située près de l'ancien aquarium d'Homère et se retourna. Asher se tenait tout près d'elle.

– Tu te trouves dans mon espace personnel, plaisanta Cam.

– C'est volontaire, répondit-il, et Cam sentit les mains d'Asher sur sa taille.

Il pencha la tête vers elle, lui baisa le front et lui souleva le menton afin de croiser son regard.

– Je vais t'embrasser, maintenant.

– Tu l'annonces toujours de cette manière ?

– C'est parce que tu as l'air craintive.

– Non, répondit Cam en caressant les lèvres d'Asher. En fait, si tu ne m'embrasses pas tout de suite, c'est moi qui vais le faire.

Elle sentit son souffle sur sa bouche, il la taquina un moment, puis il avala ses lèvres et l'embrassa plus profondément. Cam se rendit compte que c'était un art. Une danse. Elle s'y était entraînée toute sa vie.

Asher la poussa vers le vilain canapé écossais du sous-sol. Il tomba sur elle. D'un bras, elle se dégagea.

– Je ne sais pas si c'est une bonne idée d'entamer une relation, dit-elle. Je sors de l'hôpital psychiatrique.

– Qui parle de relation ? coupa Asher, avant de l'embrasser dans le cou.

– Après tout, tu ne peux pas me rendre plus folle que je ne le suis déjà.

– J'aime bien les filles un peu folles, répondit Asher.

Allongé près d'elle, appuyé sur un coude, ses jambes mêlées à celles de Cam, il ajouta :

– Ne recommence jamais.

– C'est promis, dit Cam en dégageant les mèches qui tombaient dans les yeux d'Asher.

* * *

Ils flânèrent à travers la ville, louèrent *Cœur vaillant* et regardèrent le film dans le belvédère, couchés sur le lit. À la nuit tombée, Cam contempla les étoiles par la vitre et se mit à compter à voix haute.

– Qu'est-ce que tu fais ? s'enquit Asher.

– Je remercie le ciel, répondit Cam. Ce jour a failli ne pas arriver.

Sa mère avait essayé de lui offrir le plus beau jour du monde, mais elle savait que le sien était aujourd'hui.

CHAPITRE VINGT-SIX

– Mamie ! s'écria Cam. Qu'est-ce que tu fais là ? Comment as-tu trouvé Promise ?

Équipée d'un sac, d'une valise en cuir jaune, d'une casquette à visière, de lunettes de soleil vertes et d'un survêtement en nylon rose, elle se tenait à l'entrée de la maison.

– Cela n'a pas été facile, répondit-elle. Pourriez-vous m'indiquer les toilettes ?

– Bien sûr, dit Cam. Par là.

– Belle maison, commenta sa grand-mère en la suivant.

Elle continua à bavarder derrière la porte de la salle de bains.

– J'ai entendu parler de tes bêtises, de ta mauvaise conduite, c'est pour ça que je suis venue. Ta mère est impuissante face à cela. Je suis donc là pour remettre de l'ordre. Et tu m'as manqué.

En sortant, elle étreignit Cam.

– Je suis contente que tu sois venue ! dit Cam.

– Maman ! intervint Alicia en les rejoignant dans la cuisine. Tu dois mourir de chaud là-dedans. Tu ne préférerais pas des vêtements en fibre naturelle ? Quelque chose qui respire ?

– Je suis à peine arrivée et tu me critiques déjà ! riposta Rose.

– Pardon, marmonna Alicia. Ça te va très bien !

– Campbell, dit Rose. N'essaie plus de te suicider. Pourquoi vouloir raccourcir davantage ta vie ? Tu es devenue folle ?

– C'était une crise de folie temporaire, répondit Cam. Ça va mieux, maintenant.

– Elle a un petit ami, déclara Perry d'un ton accusateur avant d'étreindre sa grand-mère.

– Ah bon ? Tu vois, Alicia, je t'avais dit qu'il fallait commencer par là. Que les galipettes chasseraient le cancer. Ça marche avec les boutons.

– Mamie !

– Quoi ? Comment s'appelle-t-il ?

– Asher, dit Asher en s'avançant.

Il venait du salon, où il réparait une armoire. Il accrocha son tournevis à sa ceinture et tendit la main à Rose.

– Enchanté, madame…

– Appelez-moi mamie, dit-elle en rougissant.

– Asher surgit toujours de n'importe où, commenta Cam. Il va falloir t'y habituer, mamie.

– Tournez-vous, Asher, ordonna Rose. Oh, il est très beau, Campbell. Avez-vous l'intention de faire des galipettes avec ma petite-fille, jeune homme ?

– Non, madame.

– Je vous donne la permission.

En un clin d'œil, l'histoire d'amour de Cam fut détruite à jamais. Dès qu'elle songerait à faire des galipettes avec Asher, elle aurait du mal à ne pas penser à sa grand-mère.

– Va t'installer, je vais regarder mon courrier, ordonna Cam, et elle fila dans sa chambre.

Elle ouvrit d'abord l'enveloppe qui venait de Harvard. Sur une feuille de papier rose, on l'invitait à sélectionner ses cours.

L'autre enveloppe provenait de Fais-un-Vœu. Elle lut la lettre qu'elle contenait.

Félicitations, Campbell !

Fais-un-Vœu t'invite à Disneyland ! Et invite également jusqu'à dix de tes amis à t'y accompagner !

Cam rit et les larmes lui montèrent aux yeux.

– Excellent, Lily, murmura-t-elle.

– Cam ! cria Asher depuis l'étage inférieur.

– Une minute !

Elle cacha les enveloppes sous son lit.

– J'ai des pièges à aller voir, annonça-t-il.

– Des pièges de braconnier ? Tu vends de la fourrure ?

– Non. Des casiers à homards. Tu veux venir ?

– Moi ? Tuer des homards ?

– Seulement les gros. On relâchera les petits. Tu n'as qu'à te dire que tu vas sauver des bébés homards.

– Dans ce cas, je viens, dit-elle en riant.

* * *

Le bateau, baptisé *Stevie* par Smitty, qui était fan de la chanteuse Stevie Nicks, était amarré près du restaurant. Ballotté par les vagues, il rebondissait en grinçant contre les pneus du quai. À l'intérieur, Cam remarqua un fouillis de cordes mêlées à des seaux, des couteaux, des outils et des poulies. Tout semblait coupant et dangereux. Comme une chambre de torture flottante pour crustacés.

– Je ne sais pas si ça me tente, dit Cam.

– Mais si. Tu as simplement besoin d'être mieux couverte. Tiens.

Asher lui tendit un chapeau en laine avec des rabats sur les oreilles, des bottes en caoutchouc et une paire de gants orange.

– Tu vas être ravissante avec ça.

– Je ne veux pas faire partie de tes fantasmes sur les femmes qui pêchent, objecta Cam.

– Trop tard, répliqua Asher. Monte.

Avant leur départ, Royal arriva à quai à bord d'un autre bateau. Il était accompagné de Grey, un grand garçon costaud du Maine.

– Tu es en retard, Asher, reprocha Grey. On s'en est déjà occupés.

– C'est vrai ? fit Asher.

Royal acquiesça.

Ces garçons avaient volontairement renoncé à leur adolescence pour endosser des responsabilités d'homme et travailler ici. Cam trouvait ça rafraîchissant. Ce n'était pas à Harvard qu'elle rencontrerait des jeunes encore attachés à la terre, à la mer, à leur communauté. Des jeunes se préoccupant d'autre chose que de leur moyenne scolaire. Mais, de toute façon, elle n'irait pas à Harvard. Elle eut soudain envie de déguster un homard.

– Quelle chance, reprit Asher. Alors ce sera simplement une croisière touristique.

– Habillés pour sortir et nulle part où aller, gémit Cam.

– On peut quand même en attraper un pour toi, proposa Asher.

– Et le manger ?

– Si tu veux.

Il lui décocha un clin d'œil.

* * *

Asher jeta l'ancre au centre d'une crique isolée du monde par des rochers escarpés qui les cernaient comme une forteresse. Le bateau tanguait près d'une bouée. À l'aide d'une poulie, Asher commença à remonter lentement le premier casier.

– À ton tour, lui dit-il au bout d'un moment.

Cam saisit la corde et se mit à tirer comme une gamine cherchant à faire sonner des cloches d'église.

L'eau freinait la remontée et, quand le casier fit enfin surface, Asher s'en empara, l'ouvrit et en retira les algues. Il était d'une beauté telle que Cam en eut un instant le souffle coupé. Elle refusait de le reconnaître. De même qu'elle refusait de reconnaître qu'il ne lui restait que quelques semaines à vivre.

À l'intérieur du casier, les deux homards se faisaient face, brandissant leurs pinces.

– À toi l'honneur, dit Asher. Attrape-les par le dos.

Le premier semblait avoir des milliers de globules noirs collés au ventre. Cam faillit le lâcher.

– Ce sont des œufs, informa Asher. Il faut le rejeter à l'eau.

Elle s'empara du deuxième homard et le retourna. Autour de sa pince, elle distingua un bracelet en plastique à demi masqué par une algue.

– Asher ! s'écria-t-elle.

– Oui, c'est un homard, Cam. J'en vois des centaines par jour.

Il était en train de déposer dans le piège un poisson mort en guise d'appât.

– Asher…

Homère approcha une pince et Cam le laissa tomber.

– Il t'a pincée ? s'enquit Asher.

Cam se tut. En se penchant pour le ramasser, Asher s'exclama :

– Homère ! Et il s'est déjà trouvé une copine. Bravo, mon pote.

– Il n'a pas l'air de vouloir quitter Promise.

– Il n'est pas le seul. Tiens. Embrasse-le avant que je le renvoie dans la baie.

Ils crièrent ensemble « Liberté ! » en lançant Homère vers l'horizon. Ce dernier tournoya dans les airs avant de disparaître sous l'eau.

Cam inspira à pleins poumons, laissant s'engouffrer en elle un air frais et propre. Asher passa un bras autour de sa taille et accrocha son pouce à l'un des passants de sa ceinture. Elle se détendit. Tandis qu'une chaleur inhabituelle l'envahissait, elle prit conscience qu'elle était heureuse.

CHAPITRE VINGT-SEPT

Cam bronzait côté proue pendant qu'Asher préparait le dîner dans la cuisine minuscule. Le bateau la berçait et une brise fraîche soufflait dès qu'elle avait trop chaud. Elle aurait pu rester là éternellement, à écouter les mouettes et le cliquetis du filin contre le mât du bateau.

– Qu'est-ce que tu veux faire ? demanda Cam après l'avoir rejoint dans la cuisine.

Placé derrière elle, Asher l'entourait de ses bras, l'aidant à briser sa première pince de homard.

– Comment ça ? répondit-il.

Les doigts dégoulinant de beurre fondu, il porta aux lèvres de Cam une bouchée de chair blanche.

– Tu as la possibilité de faire ce que tu veux, expliqua-t-elle. D'aller n'importe où.

Asher savait bricoler, naviguer, attraper un homard, le cuire et la nourrir. Cam en était épatée. Il pouvait survivre où il voulait.

– Parfois, j'ai l'impression que je ne partirai jamais d'ici. Que je ferai toujours le même travail et que ça m'ira comme ça.

Il l'embrassa dans le cou.

– Et les études ? questionna Cam.

– Quoi, les études ?

– Tu ne veux pas en faire ?

– Parfois, ce qu'on veut n'a pas d'importance.

– Tu devrais aller à l'université, insista Cam.

– Qui va m'y obliger ?

Elle se retourna, le ceintura et le cloua sur le coussin situé derrière eux.

– Moi, dit-elle en l'embrassant.

– Attends, qu'est-ce que tu vas faire en septembre ?

– Rien. Mais j'ai été acceptée à Harvard.

– Grosse tête. C'est seulement à trois heures de Promise, tu sais.

– Ne me dis pas que tu viendrais me voir.

– On ne sait jamais, plaisanta-t-il.

Il changea de position et se retrouva au-dessus d'elle. Elle remarqua une fente à son menton.

– *Ou te alofa ia te oe*, murmura-t-elle.

– Qu'est-ce que ça veut dire ?

– Je te le traduirai une autre fois.

Cam le prit par le col de son tee-shirt et l'attira à elle.

* * *

Un drap gris à la propreté douteuse les recouvrait. Cam se leva et s'habilla.

– Reviens, supplia Asher en tirant sur la manche de Cam.

Il l'étreignit et elle se rallongea sur la banquette de la cabine du bateau. Les vagues clapotaient contre la coque. Cam posa la tête sur le torse d'Asher. À travers le hublot, elle distingua une mouette qui volait à sa hauteur. Asher l'embrassa dans les cheveux en murmurant :

– Tu crois au coup de foudre ?

– À ton avis ?

– Probablement pas.

– J'ai fini par admettre le concept de l'amour romantique, avoua Cam. Avant, je n'y croyais pas.

– Et maintenant, tu y crois ?

Elle acquiesça.

– Parce qu'on a fait l'amour ?

– Non, sourit Cam.

– C'était simplement du sexe, déclara-t-il d'un air grave.

– Ah bon ?

– Ha ! Campbell. Je te taquine. Tu n'as pas senti que c'était plus que ça ? Le jour où tu es entrée dans le restaurant pour adopter un homard, je suis tombé amoureux de toi.

– C'est vrai ? demanda-t-elle en le dévisageant.

Il opina du chef et ils s'embrassèrent de nouveau. Elle se retrouva nue et ils recommencèrent.

– Je t'aime, lui dit-il à la fin de leurs ébats.

Cam n'avait pas anticipé ce moment. Elle aurait dû être excitée, joyeuse, extatique. À la place, elle se sentait apaisée, comme si elle était enfin arrivée chez elle après un long voyage.

– *Ou te alofa ia te oe*, répéta Cam.

Une fois vêtue, elle ébouriffa sa chevelure noire et luisante, sortit de la cabine et alla s'installer à la proue du bateau. Tandis qu'Asher fermait les écoutilles, le soleil se couchait derrière le phare et ils repartirent.

Asher la rejoignit et la fit asseoir sur ses genoux. Un flocon blanc tomba du ciel. Puis un autre. Cam en recueillit quelques-uns au creux de sa paume.

– Il neige, dit-elle d'un air incrédule.

– On est en juillet, Campbell.

– Regarde !

Asher leva le nez et plissa les yeux. Devant le soleil embrasé, de gros flocons formaient un rideau mince. Ils tombaient droit vu qu'il n'y avait pas de vent et tapissaient déjà la surface du bateau.

Cam fit une boule de neige et la jeta sur Asher. Il riposta et ils jouèrent un moment. Sur la côte, les branches des pins blanchissaient. Un héron s'envola pour échapper au froid.

– Les flamants roses ! s'écria Cam.

– Qu'est-ce qui t'inquiète ?

– Ils vont mourir si l'étang gèle. Il faut les faire déguerpir !

Asher passa à la vitesse supérieure. Le bateau heurtait violemment les vagues. Un bras passé autour de la taille d'Asher, Cam recevait des flocons gros comme des papillons en pleine figure.

Une fois à quai, Asher couvrit rapidement l'embarcation et s'empara de paires de bottes.

– On va en avoir besoin, dit-il, tandis qu'ils filaient vers la voiture de Cam.

* * *

Comme l'avait prédit Elaine, les flamants roses ne bougeaient pas malgré le changement climatique. La tête enfouie dans leurs plumes pour se protéger du vent, ils frissonnaient. Une fine couche de glace commençait à se former autour de leurs pattes.

– Viens ! ordonna Asher, et il se mit à courir vers eux en agitant les bras et en poussant des braillements.

Cam éclata de rire.

– Viens ! répéta Asher. C'est toi qui as eu cette idée !

– Pardon.

Elle s'élança dans la boue en imitant les cris et les gestes d'Asher. Les oiseaux se déplaçaient nerveusement, mais aucun ne prenait son envol. Certains observaient Cam avec curiosité.

– Où est le sud ? demanda-t-elle. On devrait les orienter vers le sud.

– Comment veux-tu que je le sache ? répliqua Asher en essayant de les chasser.

– Sers-toi de ton instinct de marin.

Elle fonça vers un groupe de flamants et s'étala de tout son long dans la boue. C'était le tour d'Asher de rire. Cam semblait avoir été trempée dans une bassine de chocolat. En se redressant, elle aperçut Buddy, qui n'avait pas quitté sa souche. Au-dessus de lui, sa mère tendait son long cou et le poussait du bec. Elle cherchait peut-être à le faire voler. Mais ses ailes n'avaient pas encore de plumes.

– Je vais prendre soin de lui, dit Cam à la mère. Ne t'en fais pas.

Elle se rapprocha en s'appliquant à ne pas l'effrayer, aidée en cela par son odeur d'excréments de volatiles. Une émission sur les animaux lui avait appris beaucoup de choses sur les mères oiseaux. Si on touchait à leur bébé, elles l'abandonnaient ensuite définitivement. Cam ignorait si Elaine pouvait s'occuper de Buddy, mais elle devait tenter sa chance.

Imitant les mouvements d'un flamant rose, elle se plaça derrière Buddy, l'attrapa de son bras gauche tout en se protégeant des attaques de la mère avec le droit. Du bec, celle-ci visait sa tête.

– À l'aide ! cria Cam.

– Cours ! hurla Asher en riant.

Cam se rua vers la barrière. La mère la pourchassa un instant, puis déploya ses ailes et s'envola. Après une concertation bruyante et brève, le reste du groupe la suivit dans les airs, formant un gigantesque nuage de plumes rose dérivant à travers la neige.

En les voyant partir, Cam se demanda si leur présence à Promise avait été réellement miraculeuse. S'ils étaient venus pour elle. Cela signifiait-il qu'elle allait vivre un peu plus longtemps ?

Les yeux fermés, elle visualisa les bâtiments de brique de l'université Harvard. Elle se figura Asher se promenant en claquettes à travers Cambridge. Lisant à côté d'elle sur le lit étroit de sa chambre d'étudiante. Buvant des bières avec de nouveaux amis à l'intérieur d'un vieux pub au plafond bas.

– On a réussi, déclara-t-elle.

Asher opina du chef. Il la prit par la main tandis que les derniers flamants disparaissaient au loin.

CHAPITRE VINGT-HUIT

– Je vous ai apporté une offrande de paix, annonça Cam en entrant chez la vétérinaire.

Asher l'accompagnait. Depuis l'incident de l'âne, elle redoutait la réaction d'Elaine et n'avait pas voulu venir la voir seule. Heureusement, James Madison s'était rétabli.

– Cam ? fit Elaine, étonnée. Mon Dieu ! Ne bougez pas. Je vais vous apporter de quoi vous changer.

Elle resurgit avec un long pull rouge.

– Quelle odeur épouvantable, ajouta-t-elle. Vous devriez aller vous doucher dehors.

Une fois de plus, Cam fit sa toilette en grelottant. Au moins, la neige s'était arrêtée. À ses pieds, Buddy pataugeait dans une flaque.

– Qu'est-ce qu'on va faire de toi ? lui dit Cam.

À son retour, Asher l'attendait dans le vestibule. Elle portait une ceinture sur son pull rouge qui lui faisait comme une robe.

– Tu es très belle, commenta Asher.

– J'aime bien le côté disco, ça me rappelle *Flashdance*, et elle découvrit une épaule.

– Je sais. Je ne plaisantais pas.

Ils rejoignirent Elaine dans la cuisine. Buddy prenait déjà Cam pour sa mère et la suivait partout où elle allait.

– Elaine, je vous présente Buddy, le bébé flamant rose dont je vous ai parlé. Buddy, Elaine.

La tante d'Asher avait préparé trois bols de chocolat chaud et soufflait sur le sien.

– Qu'est-ce que je vais faire de lui ? demanda-t-elle.

– J'ai pensé que vous pourriez le garder jusqu'à ce qu'il soit capable de voler vers le sud, répondit Cam. On a chassé les flamants roses.

– À moins que l'un de vous ne soit prêt à mastiquer une crevette et à la régurgiter pour lui, je ne vois pas comment je vais le nourrir.

– On peut appeler le zoo de Portland et leur demander conseil, suggéra Cam.

– Vous auriez pu m'offrir des fleurs ou une boîte de chocolats, reprocha la vétérinaire. Vous avez volé mon âne et, pour vous faire pardonner, vous m'apportez un flamant.

– Il est vraiment craquant, souligna Asher.

– Je n'ai jamais rien vu d'aussi laid, maugréa Elaine.

– Je sais, mais c'est une créature de Dieu, insista Asher.

– Très bien. Je vais trouver une solution. J'aurai besoin de votre aide, Campbell.

– Cela ne vous ennuie pas si je commence la semaine prochaine ? questionna Cam. Avant, j'aimerais emmener Asher en voyage.

Asher se raidit.

– Sûrement pas.

Intriguée, Elaine déclara :

– Je ne savais pas qu'Asher voyageait.

– On va aller au parc Disney, confia Cam à son petit ami. Tu vas adorer. C'est un royaume magique d'un autre genre.

Elle voulait lui prouver qu'il pouvait partir sans que le monde s'effondre. Qu'il n'était pas obligé de rester là à recoller les morceaux, comme James Stewart dans *La vie est belle*.

– Et comment comptez-vous vous y rendre ? s'enquit Elaine.

– En avion, répondit Cam.

– Jamais de la vie, décréta Asher.

– Je t'aiderai à vaincre ta peur.

* * *

Alicia non plus n'était pas emballée par le projet de Cam.

– Mais enfin, tu es folle ! éructa-t-elle en frappant sur le placard de la cuisine.

– C'est gratuit. Grâce à l'organisation Fais-un-Vœu. Quand on reçoit un cadeau, il ne faut pas être ingrat. Et ça te permettrait de rendre visite à Izanagi.

– Campbell. Pour une fois, tu mènes une vie normale. Tu as retrouvé de l'énergie. Tu as bonne mine. Tu manges, tu travailles, tu es amoureuse. Pourquoi mettre tout ça en péril ? Ça fait tellement plaisir de te voir sourire.

– Je ne mettrai rien en péril, argua Cam. À mon retour, Promise restera un endroit bénéfique pour moi.

– En partant, tu prends le risque de rompre le sortilège.

Alicia porta une paille en plastique à ses lèvres et fit mine de la fumer.

Cam commençait à établir ses propres règles concernant la magie. Selon elle, la lettre de Fais-un-Vœu était un signe lui indiquant la prochaine étape à franchir. Elle n'aimait pas l'emprise que Promise exerçait sur Asher, et elle refusait de devenir dépendante de ce lieu.

Elle comprenait le point de vue d'Alicia. « En tant que mère, ma principale responsabilité est de te maintenir en vie, Campbell », avait-elle dit un jour. Jusque-là, Alicia l'avait protégée contre de nombreux dangers : la mort subite du nourrisson, l'asphyxie, se noyer dans la baignoire, s'étrangler avec les cordes des stores, se brûler avec l'eau de la bouilloire, se faire renverser par une voiture, boire de l'eau de Javel, tomber de la fenêtre, se faire enlever, plonger dans de l'eau peu profonde… Elle n'avait pas prévu le cancer. Cam savait que c'était difficile pour Alicia. Mais elle voulait honorer le dernier vœu de Lily et montrer à Asher d'où elle venait.

* * *

En haut, elle avait installé du matériel pour dessiner un tatouage samoan sur le bras d'Asher.

– On part ce soir, annonça-t-elle.

– Le problème de l'avion n'est pas résolu, répondit Asher.

– C'est pour ça qu'on est ici, déclara Cam. Pour te protéger.

Elle se rapprocha de l'encre et du pinceau qu'elle avait achetés en ville, et lui montra quelques motifs afin qu'il en choisisse un. La plupart étaient complexes et tous comprenaient des zones entièrement noires destinées à prouver la résistance à la douleur du tatoué.

– Si tu utilises un pinceau à la place d'une dent de requin, ça ne démontre pas mon courage, souligna Asher.

– C'est symbolique, métaphorique. Ça te donnera de la force.

– Ce n'est pas une métaphore. C'est une réplique.

– Prépare-toi à affronter plus de répliques, Asher. Car on va au parc Disney.

Cam mit de la musique samoane et, au son des tambours, commença à peindre.

– Essaie de ne pas bouger et de rester silencieux, dit-elle. Ça t'aidera à entrer en transe pour prendre l'avion.

Elle dessina une courbe sur son muscle pectoral, qu'elle prolongea autour de son épaule et de son biceps. Les contours de son corps composaient un support troublant.

– Ne bouge pas, ordonna-t-elle.

– Ça chatouille, Campbell.

Il l'attira à lui pour l'embrasser et remarqua une petite tache bleue sur l'avant-bras de Cam.

– Tiens, qu'est-ce que c'est que ça ? questionna-t-il.

– Rien, répondit-elle. J'ai dû me cogner sur le bateau.

Elle continua à peindre jusqu'à ce que la musique diffusée par son iPod s'arrête. Elle refusait de s'inquiéter. Si ses taches avaient disparu avant, elle allaient probablement disparaître une nouvelle fois.

CHAPITRE VINGT-NEUF

Restait le problème de Perry. Ils allaient partir en cachette, et Cam hésitait à l'emmener avec eux. Elle avait invité Sunny, Royal, Autumn et Grey – des jeunes plus âgés que sa sœur, lesquels seraient peut-être une mauvaise influence pour une gamine de onze ans. Néanmoins, Cam avait envie de passer du temps avec elle en Floride et, par ailleurs, cette dernière semblait en avoir assez d'être dans le Maine. D'un air triste, elle regardait de plus en plus souvent la télé et avait même demandé à dormir dans la chambre de sa grand-mère.

Finalement, Cam avait décidé que sa sœur ferait partie du voyage. Elle ne pouvait pas lui en parler, car Perry était incapable de garder un secret. Elle comptait donc l'enlever en pleine nuit.

Ils prenaient de gros risques. Alicia avait le sommeil léger et se tenait déjà sur ses gardes. Et, quand Alicia se tenait sur ses gardes, elle se transformait en scout très vigilant. L'une de ses déceptions majeures par rapport à son rôle parental avait été le fait que Cam ait toujours respecté le couvre-feu. Le premier soir où Cam avait annoncé qu'elle sortait seule, Alicia s'était maquillé le visage en noir, avait mis des branches dans ses cheveux et, pleine d'espoir, avait attendu, accroupie derrière un buisson, prête à bondir sur Cam dès qu'elle rentrerait ne serait-ce qu'une minute après minuit.

Cam n'était pas revenue tard. En entendant le claquement d'une bulle de chewing-gum provenant d'un buisson, elle avait lancé : « Bonsoir, maman ! »

– Ne te prends pas les pieds dans les fils, chuchota Cam à Asher tandis qu'ils se dirigeaient vers la chambre de Perry.

– Cette tenue est vraiment nécessaire ? demanda-t-il.

Cam l'avait forcé à s'habiller en noir et à porter une lampe frontale. Une corde enroulée pendait à son épaule et il tenait à la main un rouleau de Scotch. Il avait l'air ridicule.

– Absolument, gloussa Cam.

Se débrouiller pour que Perry se taise n'allait pas être facile. Leur proie était une bête remuante et brailleuse. Il allait peut-être falloir la ligoter et la bâillonner, au moins pour la conduire jusqu'au camion.

Rose ronflait comme un bouledogue. Ils se glissèrent discrètement à l'intérieur de la chambre. Pour demander à Asher de prendre des vêtements pour Perry, Cam fit des gestes en direction d'une valise posée au sol puis d'une commode. Asher se désigna du doigt et haussa les épaules, ce qui semblait signifier : « Moi ? » Cam opina du chef et s'activa.

Elle fit rouler sa sœur sur le dos, lui prit les mains et la releva en position assise.

– Quoi ? gémit Perry, la tête penchée de côté.

– On part en voyage, murmura Cam.

Rose se retourna en grognant.

– Où ? questionna Perry.

– À Orlando. Juste pour quelques jours.

De sa paume, elle étouffa le cri de joie de sa sœur et fit signe à Asher de venir la chercher. Celui-ci s'approcha et la chargea sur son épaule. Cam s'empara de la valise et ils se dirigèrent vers l'entrée de la maison, tandis que Perry, surexcitée mais silencieuse, martelait de ses petits poings le dos d'Asher.

Une fois dehors, il la déposa à l'intérieur de la remorque où se trouvaient Royal, Grey et Autumn.

– Merci de m'emmener avec vous ! hurla Perry.

Cam lui tendit la valise.

– Tiens.

– Qu'est-ce que c'est ? s'enquit Perry.

– Tes vêtements, répondit Cam avec impatience.

Elle ferma la portière de la remorque et la verrouilla.

– Attends ! couina Perry en tambourinant contre la paroi.

– Ce n'est pas la bonne valise, lui dit Asher.

– Tu en es sûr ? demanda Cam.

– Certain.

Cam rouvrit la portière et découvrit Perry qui tenait à la main une large culotte en satin blanc appartenant à Rose.

– Tant pis, soupira Cam. Tu vas devoir t'arranger avec ça.

Ignorant les protestations de sa sœur, elle referma la portière.

– J'avais choisi des trucs mignons pour elle, dit Asher à regret.

* * *

Il avait réussi à atteindre la porte C4 de l'aéroport de Portland quand son visage prit une teinte gris-vert. Cam commençait à douter de son idée, mais elle savait que, s'il parvenait à surmonter cette épreuve, plus rien ne lui ferait peur. Encadré par Grey et Royal qui le portaient presque, il emprunta le couloir qui menait à l'avion.

– Il est soûl ? s'enquit le steward tandis qu'ils embarquaient à une heure très matinale.

– Pas encore, répondit Grey.

– Est-ce que vous avez pris mon carnet ? demanda Perry. J'aimerais le montrer à Izanagi.

– Il figure en tête de liste parmi les gens que tu as envie de voir ? questionna Cam.

– Presque, dit Perry. Pourquoi ?

Elle portait des pantoufles bleues et une énorme veste de survêtement rose.

– Comme ça. Je pensais que tu avais d'autres priorités.

Cam pouvait imaginer vingt autres choses qu'elle aurait aimé faire avant de téléphoner à Izanagi. Appeler Jackson, par exemple. Elle était curieuse de savoir ce qu'il devenait.

Dans l'avion, en voyant Asher pétrifié sur son siège de première classe, Cam regretta de ne pas avoir un calmant à lui donner. Mais on lui avait interdit définitivement les tranquillisants.

– Assieds-toi sur lui, conseilla Sunny. Un poids supplémentaire et une pression profonde ont un effet apaisant sur les enfants autistes.

Cam s'exécuta. En tentant de l'écraser de son corps, elle sentit qu'il se détendait, mais, au décollage, elle dut regagner sa place. Elle se demanda alors ce qui résonnait le plus fort dans sa tête : les battements du cœur d'Asher ou Alicia hurlant « Cam ! » après avoir pris conscience de leur départ.

CHAPITRE TRENTE

Tandis qu'ils contournaient le lac, Asher était tellement content d'avoir survécu au voyage en avion qu'il avançait presque en sautillant.

– Asher, si tu te mets à marcher comme Perry, je vais peut-être te larguer, lui dit Cam.

Après avoir consulté la carte et discuté pendant vingt minutes de ce que chacun voulait voir, le groupe avait décidé de se séparer. Sunny et Autumn s'étaient rendues au parc d'attractions aquatique, Royal et Grey au bar dédié aux sports. Cam, Asher et Perry avaient opté pour les pays d'Epcot.

– Je suis super heureux, répondit Asher. Tu avais raison, Cam. Cette épreuve était nécessaire.

Dans l'avion, elle l'avait questionné au sujet de sa peur de quitter Promise. C'était en partie lié aux rumeurs des habitants qui associaient les miracles de la ville à la famille d'Asher. Il s'était donc convaincu que, s'il partait, la magie l'abandonnerait.

– Promise sera toujours magique, avait-elle dit. Surtout pour toi. Parce que c'est là où tu vis. Ce qui est magique, c'est qu'il est agréable de s'éloigner de chez soi et encore plus agréable d'y retourner.

En flânant à travers Epcot, elle put le vérifier. Même si elle adorait le Maine, le ciel de Floride était son ciel.

La flore, bien que tirée à quatre épingles et sculptée en animaux de cirque, était sa flore. Elle inspira profondément. L'air humide et lourd du mois d'août la soulageait. Comment Lily avait-elle su qu'elle aurait besoin de ça ?

– Asher, intervint Perry, il ne faut jamais dire à Cam qu'elle a raison. Ça lui monte à la tête. En général, elle a raison, mais il faut la laisser douter. C'est mieux pour tout le monde.

– C'est ta façon de me gérer, Perry ?

– Une des façons, répondit sa sœur.

Alors qu'ils s'approchaient de la pyramide dorée du pavillon mexicain, elle tendit à Asher des oreilles noires de Mickey fixées sur une coiffe en plastique. C'étaient les oreilles de l'époux, réservées aux couples qui convolaient au parc Disney. Celles de l'épouse étaient blanches. Cam les avait volées dans le petit bureau situé derrière l'entrée.

– Qu'est-ce que je dois en faire ? demanda Asher d'un air sceptique.

– Les porter à la place de ta casquette de base-ball, répondit Cam.

Elle détestait les jeunes mariés qui venaient au parc Disney sans avoir conscience qu'ils n'étaient pas de faux époux se rendant à une fausse lune de miel dans les faux pays d'Epcot. Cam s'était souvent demandé ce qui leur arrivait quand ils rentraient chez eux et devaient faire face aux réalités des comptes communs, des licenciements, des impôts, du fait que madame laissait toujours les portes des placards ouvertes et que monsieur ne songeait jamais à nettoyer les toilettes.

Mais cela ne la gênait pas qu'elle et Asher portent les oreilles des mariés, car eux faisaient vraiment semblant.

Par ailleurs, cela leur avait permis de se retrouver au début de la file d'attente.

– Si vous êtes mariés, je deviens quoi ? demanda Perry.

Son brillant à lèvres teinté soulignait sa tenue de danseuse des années quatre-vingt. Le tee-shirt en polyester de Rose lui arrivait au genou. Il avait trois rayures violettes en diagonale, et elle avait noué une ceinture de peignoir mauve autour de sa taille. Il ne lui manquait plus qu'un bandeau et des guêtres.

– Ma fille naturelle, répondit Cam.

– Bien sûr, fit Perry.

– Cam ? dit quelqu'un derrière eux.

Cam se retourna. Devant elle se tenait Alexa Stanton, la fille dont la pelouse avait failli héberger Darren, le flamant rose en plastique. Alexa était déguisée en Cendrillon. Petites, elles avaient été amies. Ensemble, elles avaient regardé *Le Magicien d'Oz* et passé des semaines à jouer au singe volant dans la cour de récréation. Les choses avaient changé en CE1, quand quelqu'un – probablement la mère d'Alexa – avait ordonné à celle-ci de ne pas fréquenter les artistes de Disney.

Ce qu'elle avait fini par devenir, avec sa robe bleu pâle et sa perruque blonde. Alexa saisit Cam par le bras et l'entraîna derrière une rangée de sombreros.

– Cayum, c'est *lui* ton mari ? chuchota-t-elle.

– Ça t'étonne ? Pourquoi ?

– Pour rien.

– Je suis contente de t'avoir revue, Cendrillon. Dis bonjour au prince de ma part.

Alexa reprit contenance et s'éclaircit la gorge :

– Oui, je n'y manquerai pas.

Et elle s'éloigna vers le pavillon chinois.

* * *

Tandis qu'Asher et Grey étaient partis essayer la piste de course automobile, Cam et Perry firent le tour de leurs attractions préférées. Elles achetèrent des boissons au chocolat à la fontaine à soda de la rue principale du Royaume Magique, puis se rendirent au Manoir Hanté, où elles se perchèrent sur un mur de pierre. Elles avaient donné rendez-vous au reste du groupe à neuf heures du soir afin de regarder le feu d'artifice depuis un endroit secret situé sur le toit.

– Tu pourrais peut-être me donner des conseils avant la rentrée scolaire, dit Perry. Tu ne l'as jamais fait.

– Tu n'as jamais eu l'air d'en avoir besoin.

– C'est vrai. Mais tu peux m'en donner, maintenant. Au moins, tu auras rempli ton rôle de grande sœur.

– Alors, ne fais pas comme moi. Au collège, participe à des activités, intègre-toi à une équipe de joueurs de tennis, par exemple. Sois toi-même et sois gentille.

– Gentille ?

– Oui. Tu seras vraiment différente des autres. Unique et heureuse.

– Avec tous les dangers qui me guettent, c'est tout ce que tu as à me conseiller ?

– Mieux vaut être gentille qu'avoir raison.

– D'accord, dit Perry. Je vais essayer.

À ce moment-là, le reste du groupe surgit de toutes parts. Autumn et Sunny de l'est, Grey et Royal de l'ouest. Asher poussa un cri en arrivant par-derrière. Cam sursauta.

– Je n'aime pas quand tu fais ça ! mentit-elle.

– Quoi ? C'est le Manoir Hanté.

Cam les guida derrière la structure gothique et leur montra comment escalader le mur en s'agrippant à du lierre noir en fer forgé. Sur le toit, elle les entraîna vers la tourelle principale, et ils se cachèrent parmi les branches d'un saule pleureur. En attendant le feu d'artifice, Grey commença un jeu de questions :

– Vous aimeriez mieux vous taper Jasmine ou Cendrillon ?

Cam le fusilla du regard.

– Perry a moins de treize ans, lui chuchota-t-elle.

– D'accord, fit Grey. Vous aimeriez mieux tenir par la main Jasmine ou Cendrillon ?

Autumn gloussa.

– Jasmine, répondit-elle.

– Moi aussi, renchérit Royal.

Sunny le frappa mollement sur la cuisse. L'air était chaud, lourd et humide. Ils avaient à peine l'énergie de chasser les moustiques qui volaient autour d'eux. Sunny rafraîchit Cam avec un brumisateur et un éventail Mickey. Puis elle posa la tête sur son épaule. Ses cheveux auburn sentaient la vanille.

– Merci de nous avoir invités, dit-elle.

– De rien, répondit Cam.

– J'ai une question, déclara Autumn en examinant les lignes de la main de Grey. Vous aimeriez mieux connaître votre destin ou passer votre vie à essayer de le deviner ?

– Ça, c'est facile, répondit Royal. Je connais le mien, et c'est comme si ma vie était déjà terminée. Comme si aucune surprise ne m'attendait.

Royal avait promis à sa mère de devenir médecin.

– Je suis pleine de surprises ! protesta Sunny.

– C'est vrai, reconnut Royal en l'étreignant. Je ne m'ennuie jamais avec toi.

– Moi, je regrette de ne pas le connaître, confia Autumn. Le contraire serait bien plus simple. Parfois je n'arrive même pas à choisir entre une glace à la vanille et une au chocolat.

– C'est plus excitant de ne pas connaître son avenir, dit Perry. Un jour, je deviendrai peut-être pilote.

Un feu d'artifice doré explosa. Asher attira Cam contre lui.

– C'est toi mon destin, murmura-t-il.

Et ils s'embrassèrent.

– Je vous rappelle qu'il y a une moins de treize ans parmi nous, souligna Grey en riant.

– Ça ne me choque pas, répliqua Perry d'un ton détaché. Je les ai déjà vus s'embrasser.

Cam avait l'impression d'avoir gagné le gros lot. Non seulement avec Asher, mais aussi avec l'amitié des autres. Faire partie d'une bande lui avait manqué. Elle était restée isolée trop longtemps.

Quand la dernière fusée laissa des serpents de fumée dans le ciel, le groupe descendit du toit. Asher leur annonça qu'il avait quelque chose à faire et s'éloigna.

Grâce à l'invitation, ils étaient logés dans le château de Cendrillon. Sur la brochure, la fausse opulence du décor était spectaculaire : piliers en marbre, lits à baldaquin drapés de rideaux de velours, cheminée magique avec un feu artificiel en fibres optiques, jacuzzi rempli par une cascade et cerné par des vitraux.

En s'approchant du château, Autumn, Grey, Royal et Sunny entraînèrent Perry vers le monorail pour lui faire découvrir sa première boîte de nuit.

– Attendez, protesta Cam. Vous n'êtes pas obligés de l'emmener.

– Ne t'en fais pas, répliqua Sunny en poussant Cam dans l'ascenseur privé qui menait à la suite royale.

Au dernier étage, un lit de pétales de rose recouvrait le sol, formant un sentier illuminé par des chandelles jusqu'à la chambre. Vêtu d'un caleçon Mickey, deux verres de cidre à main, Asher attendait.

Cam éclata de rire. C'était tellement ringard.

– Ce n'est pas vraiment mon style de décoration, dit-elle.

– Je sais. Mais tu connais le proverbe : à Rome, fais comme les Romains.

– On est à Rome ?

– Non, en France.

– Cendrillon était française ?

– Oui, répondit-il en trinquant avec Cam.

Puis il la jeta sur le grand lit couvert de draps de soie dorés.

– Je suis un peu intimidée, dit-elle tandis qu'il embrassait son oreille, sa gorge et sa poitrine.

Il souleva le vêtement de Cam et laissa courir sa langue le long du ventre de la jeune fille.

– Laisse-toi aller. Tu es une princesse.

– Qu'est-ce que tu veux dire ? Pour…

– Tais-toi ! rit Asher.

Plus tard, Cam prit conscience qu'elle pourrait être une princesse. Pas une vraie, mais autre chose qu'une patiente atteinte d'un cancer. Elle était aussi une danseuse, une étudiante, une sœur, l'assistante d'une vétérinaire et une petite amie. Pour la première fois depuis longtemps, le cancer occupait une place moindre dans sa vie.

CHAPITRE TRENTE ET UN

– Est-ce qu'on a le temps de faire le tour du monde, aujourd'hui ? demanda Asher en bâillant.

Il était près de midi. Les filles s'étaient rendues à leur spa royal et les garçons au terrain de golf. Un rendez-vous avait été fixé à dix-sept heures à l'hôtel polynésien.

– Le monde est petit, répliqua Cam.

Le retour à Portland était prévu en fin de soirée. Alicia avait envoyé soixante-quinze textos à Cam pour la supplier de revenir, et Cam lui avait promis de rentrer aujourd'hui.

Il y avait vingt-cinq minutes d'attente pour accéder à la croisière, ce qui n'était pas trop long. Dans la queue, pendant qu'ils s'éventaient avec leurs plans du parc, Asher la questionna à propos de « l'esprit d'Aloha », cette étrange sous-culture d'une sous-culture dans laquelle elle avait grandi.

– C'est bizarre que ta culture soit un spectacle et non ta façon de vivre.

– C'est comme dit Stallone en se préparant au rôle de Rocky. Il a d'abord eu besoin d'avoir le corps de Rocky, de parler comme Rocky, avant de sentir qui était Rocky. Un autre acteur aurait d'abord senti qui était Rocky avant de s'habiller comme lui. Donc, certaines personnes se sentent polynésiennes et dansent parce que ça leur procure des émotions, d'autres, comme moi, dansent pour se sentir plus polynésiennes. Dans les deux cas, le résultat est le même.

– J'aimerais bien revoir *Rocky*, dit Asher.

– Moi aussi. Tu n'as pas écouté ce que je t'expliquais ?

– Non. Je pensais à *Rocky*.

La file d'attente avait nettement diminué. Cam décocha un clin d'œil à un petit garçon qui se balançait à la rambarde du bateau sous les remontrances de ses parents. Finalement, ils poussèrent le tourniquet pour embarquer, avancèrent sur un quai mouvant et s'installèrent sur un banc disponible. Ils étaient en route pour visiter le monde. Un monde aussi rose qu'un bonbon trop sucré. En pénétrant dans le tunnel, ils furent assaillis par des couleurs éblouissantes, orange, rouge et doré. C'était comme un Pays des Merveilles en carton-pâte, avec des parties géantes animées.

Gamine, Cam avait été captivée par les enfants de différents pays habillés différemment, mangeant différemment et parlant différentes langues. Par les étranges stéréotypes des petits Africains jouant du tam-tam sur le dos d'une girafe, ou des femmes d'Amérique du Sud portant des corbeilles de fruits sur leur tête, ou encore des Françaises dansant le french cancan.

À présent, ils se trouvaient en Inde. Des femmes vêtues de saris s'éloignaient d'un Taj Mahal confectionné avec des draps. Asher souriait, captivé. Il n'avait pas remarqué l'homme qui changeait une ampoule électrique dans un coin. Ni l'enseigne lumineuse signalant la sortie, au-dessus des portes cachées de l'entrepôt.

– Ton désir s'éveille, Batman ? se moqua Campbell en le prenant par la main.

– Un peu, répondit-il. J'ai oublié de te dire : j'ai obtenu une bourse.

– Ça ne m'étonne pas, répondit Cam.

Ils s'éloignaient des ombres gigantesques des marionnettes indonésiennes et s'approchaient des geishas du Japon.

– Oui, reprit Asher. Au Canada.

– Tu vas y aller ?

– C'est comme une question de vie ou de mort pour moi.

– Non. Tu pourras toujours revenir chez toi. Tu devrais essayer.

– Après tout, le monde est petit, dit Asher.

Cam approuva mais eut aussitôt une vision d'Asher à l'université, parmi les étudiants recevant des colis de leurs parents. La tristesse la saisit.

– Elaine t'enverra des colis, marmonna-t-elle.

Puis elle se figura l'autre pan de l'alternative. Asher passant sa vie à Promise, devenant coach de l'équipe de foot locale, flirtant avec les majorettes, se mettant à boire en rentrant chez lui et en regrettant d'avoir gâché sa vie.

– Il faut que tu partes, lui chuchota Cam.

Des cris d'enfants couvrirent ses paroles.

* * *

Le rythme des tambours s'accélérait tandis que les spectateurs se rassemblaient sur le faux volcan en pierre qui se dressait à l'extérieur de l'amphithéâtre. Les torches étaient déjà allumées même si le soleil n'était pas couché, et des petites filles escaladaient de fausses sculptures polynésiennes. Les gens baissaient la tête afin qu'on leur passe un collier hawaïen autour du cou. Celui qui était réservé à Cam avait été tressé avec de vraies fleurs violettes.

Izanagi était passé les voir à la réception de l'hôtel. Il escortait Perry et montrait à tout le monde la nouvelle robe rose qu'il lui avait achetée.

– Cam, tu aurais quand même pu prendre des affaires pour elle, reprocha-t-il.

– C'était un accident, répondit Cam. Comment vas-tu ?

– Ça va.

Il embrassa Cam sur les deux joues puis il baissa la tête, déçu qu'Alicia ne soit pas avec eux. Il ne s'était pas rasé et n'avait pas repassé son pantalon.

Ils s'installèrent autour d'une table du premier rang. Izanagi retrouva le moral quand les plats arrivèrent et qu'il put alors, de la pointe de son couteau, lancer des bouts d'ananas dans la bouche des gens.

Après le premier numéro, une danse hawaïenne célébrant le soleil, la maîtresse de cérémonie, Momma Suzi, annonça qu'une vieille amie était venue assister au spectacle. Elle fit monter Cam sur scène et lui demanda de jongler avec un couteau enflammé aussi grand qu'un fusil.

Quand elle était plus jeune, elle faisait partie des rares filles qui désiraient apprendre à jongler avec des couteaux enflammés. Elle le lança dans les airs, virevolta, le rattrapa derrière son dos, le fit passer entre ses jambes, puis d'une main à l'autre. Le rire de la foule la déconcentra une seconde. Du coin de l'œil, elle distingua une grande forme orange sur la scène.

Tigrou jonglait avec un sabre enflammé.

– Jackson ! cria-t-elle. Ton costume est ignifugé ?

Il secoua sa grosse tête en fausse fourrure.

– Alors, va-t'en !

Tigrou hocha la tête et lança son couteau à John, qui le rattrapa et éteignit les flammes. Tigrou salua le public et descendit de scène.

Cam porta son attention sur Sunny, la majorette, et se dit qu'elle allait la faire intervenir. Elle éteignit les flammes de son couteau et fit signe qu'on lui en lance un deuxième. Puis elle invita Sunny à la rejoindre.

Le soleil d'Orlando lui avait couvert le visage de taches de rousseur et elle souriait dans sa maxirobe. Cam lui tendit l'arme :

– Fais la même chose que moi, ordonna-t-elle.

Elle se mit à faire passer son couteau d'une main à l'autre, et Sunny l'imita. Puis elle le jeta dans les airs et le rattrapa en tourbillonnant, tandis que Sunny reproduisait ses mouvements et restait synchrone.

Cam songea à une citation de Maya Angelou : « Nous sommes fondamentalement plus semblables que dissemblables. » « Bien que Disney tente de nous faire penser le contraire », se dit-elle.

Cam et Sunny firent une révérence devant leurs amis du Maine. Asher les couvait du regard d'un air admiratif et Royal sifflait entre ses doigts.

– Encore ! Encore ! hurlèrent-ils.

Mais Cam et Sunny avaient terminé et allèrent se rasseoir pour assister à la danse des Samoans et à celle de la déesse des volcans, avec laquelle le spectacle s'achevait.

Jackson retira son déguisement dans la cuisine et les rejoignit avec sa nouvelle petite amie, une jolie blonde dénommée Peg.

– Tu vois, tu as bien fait de ne pas sortir avec moi, lui murmura Cam. Tu as l'air heureux avec elle.

– Toi aussi, tu as l'air heureuse avec Asher.

– Oui, bredouilla Cam, et elle rit, car pour une fois c'était vrai.

On leur servit des desserts nappés de lave au chocolat fumante, puis Cam fit ses adieux aux danseurs de *L'Esprit d'Aloha*. Et à Jackson, à Joe, le chef, et à Momma Suzi. Izanagi rôdait autour d'eux, attendant son tour. Il finit par s'approcher de Cam, tête baissée, jouant avec l'anneau de jade qu'Alicia lui avait offert avant leur départ.

– Au revoir, Iz, dit Cam. C'était sympa de te revoir.

– Oui, bégaya-t-il.

Et il leva vers Cam des yeux rougis aux paupières tombantes, comme s'il n'avait pas dormi depuis qu'Alicia était partie. « Maman est vraiment une briseuse de cœurs », songea Cam.

– Ne sois pas triste, lui dit Perry en l'étreignant de ses bras menus. On ira voir un match des Devil Rays à mon retour.

– D'accord, gémit Izanagi.

Puis il se mit à sangloter sur l'épaule de Perry. D'un air amusé, elle dévisagea Cam et articula en silence :

– Qu'est-ce qu'on fait ?

Cam ne pouvait pas le laisser comme ça. Il n'y avait rien de plus triste qu'un homme abandonné, à la dérive.

– Viens avec nous, Iz.

– Vraiment ?

Il leva la tête, sortit un mouchoir, se moucha et sourit.

– Oui, dit Cam. On a un billet magique.

CHAPITRE TRENTE-DEUX

Cam demanda à l'hôtesse de l'air du thé, de l'eau et de l'aspirine.

– Ça va ? questionna Asher.

L'avion n'avait pas encore décollé et il se tenait raide sur son siège, la sueur perlant sur son visage.

– Ça va, répondit-elle. C'est de toi que tu devrais te préoccuper. Ferme les yeux et imagine-toi sur le sol de Promise.

– Ce serait bien.

– Oui. Oublie le vol et pense à ce que tu vas faire après l'atterrissage.

Elle lui parla d'aller chercher les casiers à homards avec le *Stevie*, de dîner sur la baie au coucher du soleil et de regarder *Rocky* chez lui. À un moment, il s'endormit. Dès qu'il ouvrait l'œil, elle lui racontait le scénario du film et il se rendormait. Elle en était arrivée à la scène où Stallone brise une carcasse de bœuf aux abattoirs quand le pilote annonça qu'il fallait se préparer pour l'atterrissage.

– Déjà ? s'étonna Asher.

– Oui. Tu as réussi.

– C'est grâce à toi. Merci.

– Non, c'est moi qui te remercie d'avoir surmonté ta peur. Promise existera encore quand on descendra.

Cam jeta un œil derrière elle, dans l'allée. Assis l'un à côté de l'autre, Izanagi et Perry jouaient aux dés.

Cam prit soudain conscience de l'importance d'Izanagi dans la vie de Perry. Elle-même avait eu un père et, à son âge, elle n'avait pas besoin d'une figure paternelle pour le remplacer. Mais, pour Perry, Izanagi était plus que le nouvel amant de sa mère qui saturait le répondeur avec ses messages. Pour Perry, Izanagi était l'homme qui l'aidait à faire ses devoirs et l'encourageait à courir avec une équipe. Il était exactement ce dont elle avait besoin. Et cela donna à Cam une idée.

* * *

Asher avait légèrement paniqué quand ils avaient peiné à trouver le chemin qui menait à Promise. Ils avaient tourné trois fois autour du *Dunkin' Donuts* avant de découvrir parmi les buissons le sentier qui menait à Promise.

– Tu vois, ta ville existe toujours, déclara Cam en apercevant le phare et les quais le long de la côte déchiquetée. Le soleil se couche toujours au même endroit, les orques nagent toujours dans la baie et les pissenlits mauves sont toujours mauves. Rien n'a changé.

– Sauf ça, déclara Perry en désignant du doigt un totem coloré sur la pelouse de la maison d'Asher.

– Je ne sais pas si c'est une bonne idée, dit Asher. On a déjà vu ce que les bonnes intentions de Cam ont donné. Vous croyez vraiment que ça va marcher ? Et si elle dit non ?

– Elle dira oui, assura Cam.

C'était mieux que de planter des tomates. Cela avait un sens. Ça comblait les vides.

– J'espère, dit Asher en regardant Izanagi.

D'un air désespéré, il essayait de rédiger sa demande en mariage sur un sac en papier.

* * *

– Bonjour, maman ! lança Cam en franchissant le seuil de la maison.

Alicia était occupée à laver la vaisselle et l'ignora. Près d'elle, assise à la table, Rose secouait la tête.

– Maman, on a une surprise, reprit Cam.

Appuyée contre l'évier, Alicia se retourna. Puis elle secoua la tête et continua à rincer des assiettes.

– Viens voir, maman, insista Perry.

Perry et Cam l'entraînèrent en bas et leur grand-mère les suivit jusqu'à l'étagère pivotante qui conduisait au passage secret. Derrière celle-ci, Izanagi les accueillit. Il s'était rasé et tenait à la main un bouquet de pissenlits mauves. Asher, qui se trouvait derrière lui, décocha un clin d'œil à Cam avant de la rejoindre. Izanagi s'agenouilla devant Alicia.

– Alicia, tu es l'amour de ma vie. Accepterais-tu de me prendre pour époux ?

Alicia resta un long moment silencieuse avant de murmurer « oui ». Puis elle le répéta à voix haute et finit par le crier. Elle se jeta dans les bras d'Izanagi et ils s'embrassèrent.

– Tu m'as tellement manqué, lui dit-elle.

– J'ai bien fait de raccourcir sa déclaration, confia Asher à Cam.

Alicia se tourna vers ses filles.

– Attends, je ne leur ai pas demandé l'autorisation. Campbell, qu'est-ce que tu en penses ?

– Maman, c'était mon idée, répondit Cam.

– Ce n'était pas la tienne ? dit Alicia à Izanagi.

– Si, c'était la sienne, corrigea Cam. Je l'ai simplement encouragé.

– Ne crois pas que ça excuse ce que tu as fait, rappela Alicia. Tu as enlevé Perry. J'étais morte d'inquiétude.

– Et tu as volé mes culottes, renchérit Rose. Pourquoi ?

– C'est une longue histoire, dit Cam. Désolée.

– Ce n'est pas grave, déclara Rose. Ce mariage mérite un toast !

Ils débouchèrent une bouteille de champagne et sa grand-mère glissa un sucre dans chaque flûte. Perry eut le droit de boire une gorgée et gloussa :

– Je suis soûle.

Près d'Asher, Cam les observait à distance.

– Tu as vu ce que j'ai fait ? lui dit-elle.

– Quoi ?

– J'ai créé une petite famille.

Elle les regarda rire ensemble et se sentit submergée de tristesse et de joie à la fois. De tristesse parce qu'elle se sentait exclue et de joie parce qu'elle savait qu'ils s'en sortiraient, avec ou sans elle.

CHAPITRE TRENTE-TROIS

Le mariage italien, japonais et polynésien devait se dérouler sur la pelouse, sous un dais nuptial juif, devant un totem de vingt mètres de haut. Rose et Izanagi s'étaient affairés dans la cuisine toute la semaine, préparant des sushis, des saucisses, des poivrons, des lasagnes et des *cannoli* en forme de canoë. Comme d'habitude, Cam avait été chargée de sculpter des barques en ananas. Perry s'occupait de la musique, Asher, de l'éclairage, des tables et des structures. Elaine, qui était aussi pasteur certifié et organisatrice de cérémonies de mariage, présidait l'événement.

Presque tous les couples qui se mariaient à Promise choisissaient la maison d'Asher. Il avait donc sorti les tables et les chaises entreposées dans les passages secrets et les avait disposées sur la pelouse.

Elaine vérifiait l'installation. Elle était venue accompagnée de Bart et de Buddy, qui jouaient ensemble en se pourchassant l'un l'autre. Buddy tendait le cou pour donner un coup de bec à Bart avant de s'enfuir en bondissant maladroitement, battant des ailes sans parvenir à s'envoler. Bart titubait dans l'herbe en essayant de le rattraper.

– Bon, ça suffit vous deux ! dit Elaine.

Elle les rassembla pour les ramener à leurs cages au moment où Smitty arrivait, transportant un couple de flamants roses enlacés et sculptés dans la glace. Il tendit sa création à Asher en gloussant et sourit derrière sa barbe, tel un gros ours.

– Attention aux cous, ils sont fragiles, dit-il.

– Merci, Smitty, répondit Asher. C'est magnifique.

Cam pouvait les entendre depuis le belvédère. Sa mère était venue la rejoindre et lui avait donné une robe framboise dont elle avait terminé l'ourlet.

– Ça t'arrive de penser à ta cérémonie de mariage ? questionna Alicia.

– Oui, c'est exactement comme ça que je la vois, plaisanta Cam. Avec un flamant rose adolescent, un totem et… oh, regarde ! Des retraitées déguisées en polynésiennes.

Alicia avait invité toutes ses élèves.

– Oui, elles ont préparé un petit numéro. C'est adorable.

Cam les regarda répéter sur la pelouse, en remuant avec prudence comme si elles craignaient de se rompre un os.

– Tu n'as pas répondu, insista Alicia en brossant les cheveux de Cam. Tu l'imagines comment ?

– Je ne l'imagine pas.

– Pas du tout ?

– Non.

C'était vrai. Cam n'avait jamais rêvé de se marier. Avant le diagnostic, elle avait eu d'autres rêves : réaliser un film, gagner un Oscar, écrire un livre, visiter l'Égypte. Mais le mariage lui avait toujours paru insignifiant.

– Même depuis que tu connais Asher ?

– Je n'y pense jamais.

– Très bien, déclara Alicia. C'est sans doute une bonne chose. Certaines filles ne pensent qu'à la cérémonie et oublient ce qu'être mariée signifie. Elles se retrouvent unies à vie à la mauvaise personne. Ce n'est pas la cérémonie qui compte.

À travers la vitre, Cam regarda Asher installer des chaises pliantes autour des tables couvertes de nappes damassées. « Lui, ce serait la bonne personne », se dit-elle.

– Tu es heureuse ? demanda Cam.

– Oui, Campbell. Tu avais raison. J'avais besoin de ça. Cette fois, je vais faire en sorte que ça marche.

Elle finit de brosser les cheveux de Cam, qui lui arrivaient maintenant aux épaules, et croisa son regard.

– Tu feras ce que tu peux, dit Cam. Et ce que tu peux est toujours mieux que ce que peuvent les autres. Tu es super, maman.

Et Cam sentit soudain que sa mère lui manquait déjà. Alicia l'embrassa sur le front.

– Chaque fille rêve de conduire sa mère jusqu'à l'autel, reprit Cam.

– Vraiment ? fit Alicia.

– Oui. Mais je m'en remettrai. Je dois me confronter à la cruelle réalité : tu dois voler de tes propres ailes, maintenant.

* * *

Avoir chargé Perry de la musique était peut-être une erreur. Flanquée de Cam en framboise et de Perry en jaune, leur mère descendait l'allée. Elle portait une robe crème très simple et des violettes dans les cheveux. Elle tenait à la main un bouquet d'orchidées jaune et rose. Izanagi était vêtu d'une chemise marron à manches courtes, d'un pantalon en lin et de sandales. Cam le trouva soudain plus beau qu'avant. Il était grand, baraqué, avec un torse large et des yeux qui pétillaient à la vue d'Alicia. Asher se tenait à côté de lui, près de l'autel.

Tandis qu'Alicia et Izanagi se souriaient, Cam se mit à contempler leur avenir. Elle se les figura déposant Perry au collège. Voyageant à travers le vrai monde et pas celui de Disney. Elle les vit marcher parmi des gardiens de chèvres dans les montagnes de l'Himalaya et du Népal. Poser devant la Grande Muraille de Chine. Entrechoquer deux grandes chopes de bière en Allemagne. Elle les vit vieillir lentement et heureux dans l'album photo de sa tête.

Elle essaya de se projeter dans leur vie. De se représenter à vingt et un ans, assise avec eux sur le canapé à Noël. D'imaginer Izanagi mal à l'aise dans son costume durant la remise des diplômes à Harvard. L'expression de sa mère devant son premier petit-enfant. Les idées surgissaient, mais les photos restaient vierges.

Elle se concentra sur le présent. L'instant était tout ce qui comptait, et ce qui se passait en ce moment lui plaisait.

* * *

Elaine, heureusement, ne les tortura pas avec un long discours et termina rapidement par :

– En vertu des pouvoirs qui me sont conférés par l'État du Maine, je vous déclare unis par les liens du mariage.

Puis la fête commença. Perry et ses amies imitaient les adultes sur la pelouse et essayaient de voler les boissons alcoolisées du buffet. Asher leur servait du jus d'ananas dans des verres à cocktail en leur faisant croire qu'elles buvaient de la *piña colada*.

Les couvertures de mode ressemblaient à des statues disséminées. Izanagi et Alicia dansaient sans relâche sur la programmation musicale de Perry. Au moment du lancer de bouquet, Alicia l'envoya dans les airs comme un ballon de volley, servi à Elaine. Cette dernière le rattrapa avec enthousiasme et passa le reste de la soirée à danser joue contre joue avec Smitty.

Le soleil se coucha derrière le phare. Une mère orque dont le bébé avait dû grandir et aller voguer de ses propres nageoires bondit seule hors de l'océan. Tout le monde riait, dînait, dansait et oubliait. Oubliait les échéances, les comptes en banque, les études, les candidatures, les divorces et les menus détails de la vie. Chacun oubliait, sauf Cam.

Depuis la salle de bains du premier étage, elle prit sa température et s'aperçut qu'elle avait plus de quarante de fièvre.

– Cam ! cria Asher en frappant à la porte. Ça va ?

– Oui, chantonna Cam. Je me repoudre le nez.

Elle ouvrit un placard, dénicha un flacon d'ibuprofène et avala quatre comprimés. Un crapaud en coquillages lui jetait un regard accusateur.

– Ça va aller, grommela-t-elle à son intention.

Et elle sortit.

– On va au phare, annonça Asher. Tu viens avec nous ?

– Non. Vas-y. Je vais rester avec ma mère.

– Elle n'a pas besoin de toi, je crois, répondit-il.

Depuis la fenêtre du couloir, il regardait Alicia et Izanagi qui s'embrassaient contre un arbre.

– C'est dégoûtant, dit Cam.

– Oui, dit Asher. Alors, tu viens ?

– Non. Je vais rester ici et ranger.

– Je peux t'aider. Ou on s'en occupera demain matin.

– Asher.

– Quoi ?

– Vas-y. J'ai besoin d'être seule.

– D'accord. C'est bizarre, mais d'accord.

– Pars, ordonna Cam.

Il descendit l'escalier et s'arrêta à mi-chemin.

– Pars ! répéta-t-elle quand il se retourna.

Elle attendit qu'il ait disparu pour se contorsionner de douleur.

CHAPITRE TRENTE-QUATRE

Après une nuit de sommeil agitée par des cauchemars de tremblements de terre, d'éruptions volcaniques et de tsunamis, Cam se réveilla. Par la fenêtre, sur un sol jonché de rubans, de fleurs fanées, de petits tas de riz, de tranches de gâteau entamées, de la sculpture des flamants qui formait désormais une flaque de glace fondue, Cam distingua sa mère et sa grand-mère qui fuyaient comme des réfugiées.

Cam avait la peau brûlante, mais l'ibuprofène pourrait dissimuler sa fièvre un jour de plus. Elle en prit et alla se recoucher. Dans la poche de son pantalon, elle trouva le collyre rempli de morphine dont elle ne s'était pas servie depuis des semaines. Elle en déposa quelques gouttes sous sa langue. Comme un ancien combattant du Vietnam psychotique, elle se dit qu'elle serait de bonne humeur le lendemain. Au moins, elle n'aurait plus mal nulle part. Elle songea à inhaler son huile de monoï, mais les tumeurs de ses poumons l'empêchaient de respirer normalement.

– Cam, ça va ? lança Asher depuis le bas de l'escalier.

– Oui, monte. J'ai besoin de ton aide.

Asher la rejoignit. Son bermuda brun et son tee-shirt assorti lui allaient à la perfection.

Assise sur son matelas, Cam parcourait fébrilement ses lettres à la recherche de l'enveloppe Hello Kitty de Lily.

Elle préférait l'ouvrir avant qu'il ne soit trop tard. Quand elle la trouva, elle la tendit à Asher.

– Ouvre-la, lui dit-elle.

– Pourquoi ? Tu as peur de te couper avec le papier ?

– Non, s'énerva Cam. C'est de Lily. Je ne veux pas être seule pour en découvrir le contenu.

– Pas de problème. Ouvrons-la.

Il s'assit derrière elle et la coinça entre ses cuisses.

– Vas-y, Cam.

Elle ouvrit l'enveloppe, sortit une feuille ornée d'une bordure. C'était la Liste Flamant Rose de Lily, arrachée à la spirale d'un cahier un an plus tôt. Lily l'avait décorée avec des flamants roses dessinés à l'encre noire. Cam passa un doigt sur l'encre, comme si c'était tout ce qui lui restait de Lily.

La plupart des vœux étaient cochés :

• Aller en Italie.

• Apprendre à peindre.

• Sauter en parachute.

• Voir une comédie musicale de Broadway.

• Obtenir l'autographe de Bono.

Une note et une enveloppe accompagnaient ce vœu. À l'intérieur, Cam découvrit un billet de cinéma revêtu d'une signature.

Lily avait entouré les cases vides d'un cercle rouge et inscrit juste à côté en majuscules : CAMPBELL, ACCOMPLIS-LES !

Les vœux non réalisés comprenaient : Se baigner nue (pourtant, elle habitait au bord d'un lac). Faire du surf.

Assister à une éruption volcanique. Nager avec les dauphins. Visiter le Taj Mahal. Et rencontrer l'amour.

– Merde, murmura Cam, les yeux rivés sur la case vide du dernier vœu. Oh, Lily !

Le ventre noué, elle réprima ses larmes. Asher saisit le crayon de menuisier coincé derrière son oreille et cocha la case.

– Asher ? fit Cam.

– Quoi ? C'est vrai.

– Je sais, mais…

Elle avait l'impression de voler quelque chose à Lily. Quelque chose qu'elle ne méritait pas.

– Elle est contente pour toi, Cam, assura Asher.

– Je sais.

Cam s'empara du crayon et cocha l'éruption volcanique car elle était déjà allée à Hawaï dans le cadre de séminaires de danse hula. Elle avait vu une version du Taj Mahal au parc Disney et c'était suffisant.

– On peut faire le reste en un jour, déclara Asher.

– Tu crois ?

– Tu verras.

* * *

Sur la plage, Cam se débattait avec sa combinaison de plongée. Ç'avait beau être le mois d'août, le climat se rafraîchissait dans le Maine. Asher avait allumé un feu qui crépitait et sifflait, luttant pour résister au vent.

– Enfile-la comme une paire de collants, cria Asher depuis le rivage. Ou ne mets rien. Comme ça tu pourras accomplir deux vœux de Lily en même temps.

– Je refuse de faire du surf toute nue, protesta Cam.

– Dommage.

Quand elle parvint enfin à remonter la fermeture Éclair, Asher la fit s'allonger sur une planche de surf posée sur le sable et lui montra comment se hisser sur ses pieds. Elle s'entraîna un instant, puis ils pénétrèrent dans l'eau et flottèrent, assis sur leurs planches.

– C'est le moment où les requins nous confondent avec des tortues de mer, lâcha Asher.

– Arrête ! paniqua Cam. Je hais les requins !

La mer lui sembla soudain sombre et menaçante.

– Je blague. Il n'y a pas de requins dans le Maine.

– Vraiment ?

– Non. Attends, qu'est-ce que c'est que ça ? dit Asher en pointant une forme près de la jambe de Cam.

– Asher ! cria Cam. Ça suffit !

Elle se mit à pleurer. Elle se sentait hypersensible.

– Pardon, dit-il en s'approchant pour l'étreindre tandis que leurs planches se heurtaient l'une contre l'autre.

Ils progressèrent vers le large.

– Allonge-toi, ordonna Asher. Je te pousserai vers une vague au bon moment et tu n'auras qu'à te lever.

– Qu'à me lever ? Si c'était facile, il y aurait plus de surfeurs autour de nous.

Cam regarda la bande de sable et les rochers. À sa gauche, la ville de Promise semblait abandonnée et minuscule, comme un village de santons.

– Tu peux y arriver, dit-il. C'est parti.

Il la poussa vers une vague en formation. Allongée, en s'appuyant sur les mains, elle se leva d'un coup. Elle était debout sur l'eau, maître de l'Univers. Elle pouvait sentir l'océan rouler sous ses pieds. C'était une sensation géniale !

Elle surfa jusqu'au rivage. « La chance des débutants », se dit-elle. Asher l'applaudit. Il navigua sur la vague suivante avec une grâce à laquelle Cam s'était attendue. Il lui fit signe de revenir, mais elle était épuisée.

– Continue ! cria-t-elle. Je vais te regarder.

Sur la plage, elle se déshabilla près du feu, enfila sa veste à capuche et les bottes roses de sa sœur. Elle sortit le carnet offert par Izanagi, déplia la liste de Lily et cocha le vœu « Faire du surf ». Elle avait eu le temps de consigner quelques pensées.

• *Les pensées sont de l'énergie, l'énergie est de la matière et la matière ne disparaît pas.*

• *Il faut rester attentif aux coïncidences.*

• *On peut choisir son identité.*

Et récemment : *Seul compte le moment présent.*

Elle observa Asher qui surfait avec la concentration et la joie d'un enfant. Surfer oblige à vivre l'instant présent. C'est peut-être pour cela qu'il existe une philosophie du surf. Cam était heureuse que Lily ait mis ce vœu sur sa liste.

CHAPITRE TRENTE-CINQ

Une fois rentrés, ils se douchèrent et Cam reprit des comprimés d'ibuprofène. Asher proposa d'attendre la nuit pour aller se baigner dans une crique unique.

– Bonne idée, dit Cam.

Le reste de la famille faisait une partie de pétanque dehors. Perry et Izanagi jouaient contre Alicia et Rose. Depuis la table, Cam encourageait l'équipe de sa mère, qui n'en avait pas besoin – les deux femmes étaient en tête.

Cam se tourna vers la mer. Derrière le phare, les lambeaux familiers orange et violets du ciel semblaient éternels.

– On peut partir, maintenant ? demanda Cam.

Il ne lui restait plus que deux vœux de Lily à exaucer.

– Non, il ne fait pas encore nuit.

– Il n'y aura personne pour me voir nue, répliqua Cam.

– Ce n'est pas pour cette raison que je veux t'emmener là-bas.

– Alors pourquoi ?

– Patience, ma belle.

* * *

Le moteur du bateau ronflait à travers la baie obscure. Asher avait mis REM et, alors qu'ils se rapprochaient de leur destination, Cam vit l'eau s'éclaircir dans leur sillage, comme si des projecteurs sous-marins l'éclairaient. Asher mouilla près d'une barre de sable illuminée par le clair de lune.

En fait, la raison pour laquelle Asher avait voulu attendre la nuit était liée à la bioluminescence de la crique où ils se trouvaient. La mer était piquetée de particules fluorescentes. Ces organismes unicellulaires n'appartenaient ni à l'espèce animale ni à l'espèce végétale. Ils étaient le commencement de la vie. Les habitants de la soupe primordiale. C'était le seul endroit où l'eau et l'électricité pouvaient coexister. C'était scientifique, magique et incroyable.

Cam baissa les yeux vers les traînées phosphorescentes où deux poissons bleus nageaient.

– Les femmes d'abord, dit Asher. Saute.

Cam se glissa dans l'eau tiède et retira ensuite timidement son maillot de bain, qu'elle lança à Asher. Ce dernier se déshabilla et sauta en position accroupie, éclaboussant le ciel de feux d'artifice liquides.

Ils se tenaient debout, Asher avait de l'eau jusqu'à la taille. Il embrassa Cam et passa ses jambes autour d'elle. Des tourbillons de particules fluorescentes apparaissaient quand ils se déplaçaient. C'était comme nager à l'intérieur d'une étoile. Cam dessina un trait lumineux sur le nez d'Asher, qui peignit le visage de Cam, sa gorge et sa poitrine. Ils gagnèrent la barre de sable et s'adonnèrent à de nouveaux ébats.

– Ce n'était pas sur la liste, dit Cam.

– J'ai improvisé.

– Bon travail !

– Je veux être avec toi pour toujours, déclara Asher.

Alanguie sur la plage comme une sirène, Cam s'étira et bâilla.

– Ce moment est éternel, répliqua-t-elle.

– Ne fais pas de métaphysique avec moi, sourit Asher.

Cam l'enlaça.

– Le moment présent peut être divisé en d'autres moments infiniment plus petits. Ce moment est éternel. Et c'est tout ce qui compte.

– Regarde ! dit-il, tandis qu'ils s'asseyaient sur le sable.

Deux dauphins bleus jaillissaient de l'océan, laissant un arc d'eau fluorescent dans les airs.

– Ils viennent tout le temps ici, confia Asher. C'est leur terrain de jeux favori.

– Je croyais qu'ils ne pouvaient pas distinguer les couleurs, dit Cam.

– En tout cas, ils voient la lumière. Tu veux que j'aille t'en chercher un ?

– Non, ils sont suffisamment proches.

Attirés par Asher et Cam, les dauphins nageaient autour de la barre de sable et du bateau. Cam entra dans l'eau jusqu'aux hanches et vit un aileron se rapprocher d'elle.

– Asher ! dit-elle, la voix tremblante. Viens. J'ai l'impression d'être entourée de requins.

– Mais non, je t'assure que ce n'en sont pas.

Quand il fut près d'elle, Cam tendit la main et, pareil à un énorme chat ronronnant, un dauphin vint se glisser dessous.

– Attrape sa nageoire, lança Asher. Il va t'emmener faire un tour.

Elle s'exécuta et le dauphin la traîna sur dix mètres avant qu'elle lâche prise, de peur de se retrouver en haute mer.

En nageant vers Asher, Cam guetta un signe de la part de Lily. Depuis son arrivée à Promise, elle avait eu droit aux couchers de soleil permanents, aux arcs-en-ciel nocturnes et aux flamants roses volant à travers la neige. Elle avait fini par changer d'avis sur l'existence des miracles. Dorénavant, elle les attendait presque.

Elle espérait que quelque chose se produise, une explosion à l'horizon, une vague gigantesque, un événement grandiose et définitif. Mais aucun miracle ne crevait le ciel. Sur sa joue frémissante, elle sentit un baiser de papillon et une brise fraîche. Elle se dit que Lily venait de lui faire ses adieux.

* * *

Asher affichait une expression sérieuse en regagnant les quais. Cam le chatouilla, mais ne parvint pas à le dérider. Il s'apprêtait à jeter l'ancre et ses gestes trahissaient sa mauvaise humeur. En se tournant vers l'enseigne rouge et blanc du *Casier à homards*, Cam distingua une blonde perchée sur une pile de casiers. Les genoux croisés, elle balançait une jambe en attendant le retour du bateau.

– Merde ! grommela Asher.

D'après la plaque d'immatriculation personnalisée de la Mustang garée, il s'agissait d'une Marlene, et Cam reconnut la femme entrevue sur le parking dans la Jeep d'Asher.

Ce dernier débarqua sans regarder Cam. Mains dans les poches, tête baissée comme un enfant coupable, il marcha jusqu'à Marlene.

Humiliée, triste, Cam monta dans sa voiture et alluma le chauffage. Cinq minutes plus tard, depuis sa Mustang, Marlene continuait de houspiller Asher qui l'écoutait sans moufter.

Cam quitta le parking du port en souhaitant disparaître dans la brume.

CHAPITRE TRENTE-SIX

À son réveil, la fièvre avait encore augmenté. Elle avait mal à la gorge et au côté droit. Elle savait qu'elle aurait dû aller à l'hôpital, mais cette fois elle risquait de ne pas en ressortir.

Péniblement, elle descendit l'escalier et trouva sa sœur dans la cuisine. Perry leva le nez de son livre et demanda :

– Tu n'es pas avec Asher ?

Cam ouvrit le réfrigérateur à la recherche de quelque chose qui ne lui donnerait pas la nausée.

– Non, répondit-elle. Je n'ai pas besoin d'être avec lui vingt-quatre heures sur vingt-quatre.

– Vous avez rompu ?

– Mais non ! Je suis quand même capable de boire un verre de jus d'orange sans lui, Perry.

– Certainement pas ! répliqua Asher en surgissant derrière elle.

Cam lui jeta un regard glacial. Il l'entoura de ses bras. Elle se dégagea.

– Tu me détestes, c'est ça ? demanda-t-il.

– Non. Je veux simplement que tu comprennes que je n'ai pas besoin que tu m'aides comme tu aimes le faire.

Cam ouvrit un placard et se versa un bol de céréales qu'elle n'avait aucune intention de manger.

Perry passa au salon.

– Hier, tu avais l'air d'avoir besoin de moi.

– Je ne suis pas le genre de fille qui a besoin des autres, rétorqua Cam en saisissant une bouteille de lait.

– Écoute, Campbell, soupira Asher. Je suis sorti avec cette femme, mais c'était pas sérieux. C'était simplement en attendant mieux. C'est toi que j'attendais.

– Je suis heureuse de le savoir.

Asher s'approcha, mais elle le repoussa.

– Sois honnête avec toi-même, Asher ! Reconnais qu'il y a de fortes chances pour que tu gâches ta vie dans cette petite ville, à te laisser vampiriser par ce genre de femmes qui en demanderont toujours plus jusqu'à ce que tu trouves le courage de construire ta propre vie.

– Cam…

– Tu comptes rester, c'est ça ? Tu ne quitteras jamais ton statut de gros poisson dans une mare. Tu es trop lâche. Tu pourrais devenir quelqu'un, avoir un avenir, et c'est la peur qui t'en empêche !

Des larmes brûlantes coulaient sur ses joues, et elle tremblait de rage. Asher recula, comme pour éviter une gifle.

– Je me plais ici, répondit-il. Il y a tout ce qu'il me faut. Pourquoi aller ailleurs ?

– Parce que la plupart des gens ont des projets, Asher. Un but à atteindre. Ils n'attendent pas que les choses leur arrivent, ils agissent pour qu'elles leur arrivent.

– Tu m'as dit de vivre l'instant présent.

– Moi, je dois vivre l'instant présent. Toi, tu as un avenir à préparer.

– Tu en as aussi un, répliqua Asher. Est-ce que tu as renvoyé les papiers à Harvard ?

– Ce n'est pas de moi qu'on parle. Oui, je l'ai fait. En septembre, je partirai sans regret. C'était simplement une aventure entre nous, rien d'autre.

– Ah bon. Je croyais que tu m'aimais. Mais tu l'as dit en samoan, ce n'était peut-être pas ça.

– Je ne suis pas la première à te le dire, j'imagine.

– Au moins, les autres étaient sincères.

Cam s'appuya au comptoir de la cuisine et l'entendit sortir en claquant la porte.

* * *

Après s'être endormie en sanglotant, elle avait été réveillée par le sifflement du vent à travers les fenêtres du belvédère. Pour la première fois depuis leur arrivée à Promise, le ciel était nuageux. Il vira au gris foncé et une énorme goutte éclaboussa la vitre. Puis une pluie torrentielle se mit à tomber.

Des murs d'eau fouettaient le belvédère, rappelant à Cam les orages d'Orlando. Sauf qu'en Floride les orages étaient brefs. Celui-ci allait durer longtemps. Elle se renfonça sous ses couvertures tout en contemplant les différents tons de gris.

– Il est dehors, dit une voix éraillée de vieille femme.

Cam se tourna vers un coin de la pièce. Sa fièvre devait être élevée, car elle pouvait distinguer la silhouette de la femme aux cheveux longs qu'elle avait vue sur une photo légendée : *Olivia, 1896*. Elle était assise sur la chaise de bois d'époque où Cam entassait habituellement son linge. Cam avait déjà eu des hallucinations. En général, quand on ne leur répondait pas, elles s'en allaient. Donc Cam les ignora.

– Tu aimes l'amour rosse, reprit l'ombre.

« C'est une pile de linge, se répéta Cam. Juste une pile de linge. » Elle palpa le sol à la recherche du flacon d'ibuprofène et avala huit comprimés d'un coup.

– C'est très égoïste d'avoir décidé à sa place comment il devait s'y prendre, reprocha la chaise.

– Il n'a pas besoin de perdre une personne de plus, se défendit Cam. Mieux vaut qu'il soit en colère que triste.

Elle n'avait pas pu s'empêcher de répondre à la sorcière et elle se maudissait.

– Tu crois savoir tout sur tout, dit la veuve. Il a peut-être besoin d'exprimer son chagrin. De te dire adieu.

– Vous avez lu ça dans un livre de conseils psychologiques ?

– Tu ignores beaucoup de choses au sujet des hommes.

– Et vous ? C'est en restant ici à attendre le vôtre que vous avez appris à les connaître ?

– Nous ne sommes pas nés pour traverser seuls cette existence.

– Peut-être, mais on meurt tous seuls, il me semble ?

– Je suis quoi, à ton avis ?

– Est-ce que vous êtes venue m'aider à mourir ? demanda Cam.

Un éclair illumina le belvédère et Cam put mieux distinguer la forme assise. Les yeux baissés, Olivia poursuivait avec nonchalance son ouvrage de broderie. Sa jupe noire couvrait ses chevilles, et elle portait un gilet également noir. Elle avait un long nez effilé et le visage ridé, mais le blond vénitien de ses cheveux était magnifique.

– Oui, répondit l'hallucination.

– Maintenant ?

– Bientôt, mon enfant.

– Vous êtes une pile de vêtements.

– Hum.

– Pourquoi vous ? Pourquoi ne pas avoir envoyé mon père ? Ou Lily ? Et, puisque cette ville est miraculeuse, pourquoi est-ce qu'elle ne m'a pas sauvée ? Pourquoi m'avoir donné une raison de vivre si c'est pour me l'arracher aussitôt ? C'est cruel !

« L'arc-en-ciel, les flamants roses volant à travers la neige ne pourront pas m'empêcher de mourir comme une pauvre folle parlant à une chaise », songea Cam.

La veuve pointa son doigt gris vers la fenêtre.

– Il est en mer, dit-elle.

Cam se leva et s'approcha des vitres. L'océan écumait. Des vagues noires se heurtaient les unes aux autres et la pluie redoublait. Cam se tourna vers la chaise. La femme avait disparu.

Elle jeta un œil sur la dépendance située plus bas.

* * *

Assise sur son lit, Cam continuait à regarder l'orage.

– Incroyable, murmura-t-elle tandis que la foudre déchirait le ciel.

Alicia s'approcha avec une tasse de chocolat chaud.

– Perry m'a dit que tu t'étais disputée avec Asher, déclara-t-elle.

– Et ?

Alicia s'installa sur le matelas et lui prit la main.

– Il est parti. Avec le bateau. Personne n'a réussi à le contacter. Il est en mer, perdu.

Cam se tourna vers l'océan déchaîné. Tout d'abord, elle imagina ses bras puissants manœuvrer dans la houle et se dit qu'il pouvait s'en sortir. Puis au loin le tonnerre gronda, roulant comme un train menaçant, avant de détoner dans un vacarme assourdissant.

– Je vais aller le chercher ! décréta Cam. Je vais prendre le canoë.

Elle se leva et farfouilla dans la pile de vêtements posée sur la chaise. L'adrénaline lui avait fait oublier la douleur. Elle enfila un jean, plusieurs tee-shirts, et s'avança vers l'escalier. Elle pouvait l'aider. Elle avait suivi des cours de secourisme à la piscine de l'hôtel polynésien et appris à transformer un jean mouillé en bouée de sauvetage. Il suffisait de nouer les ourlets ensemble et de le remplir d'air.

– Campbell, tu ne peux rien y faire, protesta Alicia.

– Si, s'entêta Cam.

Prise de vertiges, elle faillit tomber.

Sa mère la rattrapa par le coude.

– Attends-le ici, ma chérie. C'est tout ce que tu peux faire.

Cam ouvrit la porte vitrée du belvédère et s'avança sur la terrasse. La pluie cinglante l'inonda aussitôt.

– Asher ! cria-t-elle à travers le vent. Reviens !

Elle avait voulu qu'il parte et qu'il profite de la vie sans elle. Pas qu'il quitte la planète.

– Il ne peut pas t'entendre ! hurla sa mère. Tu le sais bien !

Le faisceau lumineux du phare balayait la baie, mais aucune embarcation ne flottait sur la mer en furie.

– Pourquoi personne ne part le chercher ? s'écria Cam. Je suis sûre qu'il est encore vivant !

– C'est trop dangereux, Campbell. Il faut attendre que l'orage se calme.

– Je vais rester ici jusqu'à ce que je le voie.

– Ne sois pas ridicule, dit Alicia.

– C'est ma faute. Je vais l'attendre.

Résignée, sa mère rapporta des parapluies. Elle avait également déniché le ciré jaune de marin d'Asher, qu'elle tendit à Cam.

– Pourquoi refuses-tu d'attendre à l'abri ? dit-elle. Le belvédère a été construit exprès pour ça.

– J'ai besoin de rester dehors, d'accord ?

Cam voulait pouvoir ressentir ce qu'il éprouvait et lui envoyer ses pensées. Car les pensées étaient de l'énergie, l'énergie était de la matière et la matière ne disparaissait jamais. Ses pensées pouvaient l'empêcher de s'éloigner. Elle savait qu'en relâchant son attention elle le perdrait pour toujours.

* * *

Bien entendu, sa mère resta auprès d'elle. Alicia essayait de les maintenir toutes deux au sec, mais le vent n'avait de cesse de retourner les parapluies. Elle finit par y renoncer et s'assit en se recroquevillant. Cam l'entendit murmurer un « Je vous salue Marie ».

– C'est la bonne prière ? demanda-t-elle.

– C'est la seule que je connaisse, répondit Alicia. Je suis une mauvaise chrétienne.

– Ce n'est pas grave, dit Cam.

Elle continua à scruter l'océan, se figurant le retour d'Asher. Elle l'imagina arriver au port et amarrer son bateau.

Quand les premiers rayons de soleil percèrent à travers les nuages orageux, il pleuvait toujours mais le vent était tombé. Cam balaya du regard la baie calme et déserte. En essayant de se lever, elle dérapa et s'effondra sur les genoux de sa mère.

– Bon sang, tu es brûlante ! s'affola Alicia.

Elle accompagna Cam à l'intérieur du belvédère et l'aida à se changer. À ce moment-là, le froid, la fièvre, la douleur et l'épuisement refirent surface en même temps. Cam tremblait si fort que Perry, sa grand-mère et Alicia furent obligées de s'y prendre à trois pour l'aider à se doucher et à s'habiller. Son état s'aggrava et elles comprirent alors que le petit hôpital de brique de Promise n'allait pas suffire. Elles embarquèrent Cam dans la voiture et filèrent à Portland.

CHAPITRE TRENTE-SEPT

Curieusement, Cam se sentait protégée à l'intérieur des murs stérilisés de la médecine occidentale. Les bips irréguliers des machines l'apaisaient et, grâce à la solution saline injectée dans ses veines, elle était hydratée. On avait dû mettre autre chose dans sa perfusion, car malgré le cathéter inséré dans sa cage thoracique elle n'éprouvait aucune douleur.

Cam ne sentait plus rien. En regardant le pied qui dépassait des draps, elle se demanda si c'était le sien et si les taches sur les ongles étaient du vernis écaillé. Le croque-mort allait-il les lui vernir en noir ? Se présenter aux portes de la mort sans pédicure était assez gênant. « Il va probablement les couvrir », se dit-elle.

Elle perçut les murmures d'Alicia qui discutait d'un air grave avec le médecin. Le ton n'allait pas tarder à monter. Surtout quand il allait lui confier ce que Cam savait déjà. Que c'était la fin.

L'infirmière était passée dans la chambre et Cam avait entendu sa conversation avec Perry.

– Ça sera bientôt fini. Quand ses ongles commenceront à bleuir.

– À bleuir comme les lèvres ou comme quand les ongles noircissent et tombent ? avait demandé Perry.

– Comme les lèvres, avait répondu l'infirmière.

Puis, avant de sortir, elle avait tendu à Perry des brochures sur la mort.

– Non ! cria Alicia. C'est impossible ! Vous auriez dû la voir il y a deux jours. Elle allait très bien. Son état n'a pas pu changer aussi vite.

– Elle lutte contre ce cancer depuis longtemps, expliqua le docteur. Sept ans, d'après mes informations.

– Oui, mais c'était avant, déclara Alicia.

– Avant quoi ?

– Je ne sais pas, soupira Alicia. Avant qu'on l'emmène dans le Maine. Elle se rétablissait là-bas.

– Les patients traversent souvent une période de rémission avant leur mort. On ignore pourquoi. Il y a encore beaucoup de choses que nous ne comprenons pas.

– Non ! Il y a encore beaucoup de choses que vous, personnellement, ne comprenez pas. Je veux parler à un autre médecin.

– Mademoiselle Cooper, nous ne…

– Tout de suite ! Envoyez-moi quelqu'un qui sait qu'elle peut s'en sortir !

– Maman, gémit Cam. Laisse-le tranquille, s'il te plaît. Il fait simplement son boulot.

– Cam ?

– C'est le moment de me dire quelque chose de gentil. Comme : « Je ne pouvais pas avoir de meilleure fille que toi, en dehors de Perry. J'ai tellement de chance de t'avoir connue. C'est un honneur d'avoir été ta mère. » Tu vois, un truc dans ce genre. La brochure de l'hôpital ne fournit pas de discours pour ceux qui ne savent pas quoi dire ?

– Je sais quoi dire, Campbell.

– Alors, dis-le. Pour ton salut, pas pour le mien.

Alicia laissa tomber ses bras le long de son corps et marcha jusqu'au lit.

– Ma tristesse est un gouffre sans fond, Campbell.

Elle s'interrompit, porta son poing à sa bouche et s'agrippa à la barre du lit.

– Je ne serai plus jamais la même après ta mort, reprit-elle. La vie sera terne, grise et plate. Mais il y a une chose qui me poussera à continuer. C'est la croyance au lien qui nous unit. L'amour que j'ai pour toi est aussi réel que cette tasse est réelle. Ou que ce téléphone est réel. Et cet amour ne disparaîtra pas quand tu me quitteras. Où que tu ailles, tu seras toujours reliée à moi et tu ne seras jamais seule. Je tiens à ce que tu le saches.

– C'était dans la brochure ? demanda Cam en reniflant.

– Non, c'est de moi, répondit Alicia en s'essuyant les yeux.

– C'est bien.

– Merci.

– Merci pour tout ce que tu as fait pour moi. Et pour m'avoir amenée à Promise. Je t'aime, maman.

Cam ferma les yeux, laissant couler les larmes sur ses tempes. Sa mère l'embrassa sur le front, puis Cam tourna la tête sur le côté.

– Cam ! cria Rose.

– Je ne suis pas morte, mamie. Je me repose.

Perry saisit la main de sa sœur.

– Tu m'as donné un mauvais conseil, dit-elle.

– Vraiment ? répondit Cam.

– Oui. Je devrais essayer de te ressembler davantage. Pas moins.

Perry grimpa sur le lit et Cam caressa ses cheveux blonds.

– C'est gentil, Perry. Prends soin d'Alicia.

Perry acquiesça.

Au pied du lit, Rose frottait les tibias de Cam. Tête baissée, elle pleurait et priait en silence.

– Ne sois pas triste, mamie, murmura Cam. Si ça se passe comme tu le penses, demain je prendrai mon petit-déjeuner avec Jésus, pas vrai ?

– Plutôt le déjeuner, répondit Rose. Il adore mes saucisses et mes poivrons.

– Comment tu le sais ?

– C'est entre lui et moi, dit-elle en se signant. *Ti amo*, Campbell Maria.

– *Ti amo*, mamie.

* * *

Il était minuit passé, et ils s'étaient tous endormis autour de son lit. Alicia partageait une chaise avec Izanagi et somnolait dans ses bras. Ils avaient même apporté Tweety, qui sommeillait sur son perchoir à l'intérieur de sa cage.

C'était le moment pour Cam de les quitter, mais quelque chose la retenait. Elle voulait s'accrocher à l'espoir jusqu'à ce que son dernier vœu soit exaucé.

Elle savait qu'il viendrait lui dire adieu. Elle savait qu'il était rentré au port. Et, quand elle rouvrit les yeux, Asher se tenait devant elle.

Il portait le pull de marin de son père et était appuyé à la barre du lit. Il avait les paupières enflées et rouges.

– C'est vraiment toi ? demanda Cam.

Elle avait navigué entre le rêve et la réalité au cours des dernières heures, et craignait d'être victime d'une hallucination.

– Oui, murmura-t-il.

– Prouve-le. Pince-moi.

– Je n'ai pas envie de te pincer.

– Alors embrasse-moi.

Il posa une main rugueuse sur le front de Cam et effleura ses lèvres. Il avait le goût de l'océan.

– Je t'aime, chuchota-t-elle.

Elle voulait le lui dire avant qu'il soit trop tard.

– Je sais.

– La dispute que…

– Ce n'est pas grave.

– Mon but n'était pas de t'envoyer en pleine tempête.

– L'orage n'a pas voulu de moi. Il n'arrêtait pas de me repousser vers le port, comme s'il savait que j'avais besoin d'être ici. Auprès de toi.

– Asher ?

– Oui ?

Les larmes coulaient maintenant sur son visage.

– Tu avais raison à propos d'une chose, déclara Cam.

– Laquelle ?

– Au sujet de James Stewart.

– Dans *La vie est belle* ?

– Oui. Quelles qu'en aient été les conséquences, il avait fait les bons choix.

Cam se tourna vers la fenêtre. Dans la cour, un jeune et beau flamant rose au cou recourbé se tenait seul sur un carré de pelouse.

« Buddy ! » se réjouit-elle, ignorant toutefois si elle s'était exprimée à voix haute ou en pensée. Son âme s'emplit de chaleur tandis qu'une lumière blanche éblouissante baignait la cour. « Ça alors, se dit-elle. Mourir, ce n'est pas être sans amour. »

Elle se sentit dériver. Elle suivit Buddy du regard tandis qu'il déployait ses ailes et en deux battements… s'envolait, laissant flotter ses longues pattes fines dans son sillage.

REMERCIEMENTS

Ce roman a pu s'écrire grâce au soutien de nombreuses amitiés. Je remercie du fond du cœur les nouveaux amis qui m'ont trouvé du travail, prêté leur bureau (et leurs maisons en bord de mer), témoigné leur affection et ont gardé ma fille. Ainsi que les vieux copains qui ont cru à ce livre quand y croire semblait absurde. J'ai beaucoup de chance. Vous êtes mon cœur et mes autres cœurs.

Toute ma gratitude à Cam, qui a eu le courage de me livrer ses pensées. Merci à ma fille, Cadence, qui rend mon rôle de mère si joyeux. À ma mère, qui m'a montré le chemin. À mon mari, dont l'humour a inspiré ces pages. À sa famille et à la mienne pour leurs encouragements.

Merci à la grande et talentueuse Alexandra Bullen de m'avoir fait partager son succès quand elle n'y était pas obligée. Merci à « l'équipe des miracles » de Razorbill : Josh Bank, Joelle Hobeika et Sarah Shandler d'Alloy, dont les idées brillantes, constantes, et le soutien chaleureux m'ont permis de surmonter l'angoisse de la page blanche.

Merci à vous d'avoir lu ce livre.

Namaste

« Pour l'éditeur, le principe est d'utiliser des papiers composés de fibres naturelles, renouvelables, recyclables et fabriquées à partir de bois issus de forêts qui adoptent un système d'aménagement durable. En outre, l'éditeur attend de ses fournisseurs de papier qu'ils s'inscrivent dans une démarche de certification environnementale reconnue. »

Composition Nord Compo

Imprimé en Espagne par RODESA
Dépôt légal : 1ère publication avril 2012

20.2374.5 – ISBN 978-2-01-202374-1
Edition 01 – avril 2012

Loi n° 49-956 du 16 juillet 1949
sur les publications destinées à la jeunesse.